부를 수 없는 이름

국립중앙도서관 출판시도서목록(CIP)

부를 수 없는 이름 : 이희열 시집 / 지은이: 이희
열. -- 대전 : 오늘의문학사, 2014

p. ; cm. -- (오늘의문학시인선 ; 326)

ISBN 978-89-5669-591-4 03810 : ₩10000

한국 현대시[韓國 現代詩]

811.7-KDC5

895.715-DDC21   CIP2014001109

부를 수 없는 이름

이 희 열 시집

오늘의문학사

사십여 년 교직의 정년을 앞두고
두 번째 시집을 내기로 했다.

그 동안 써온 시편들을 훑어 저울질하면서
이건 왜 이리 생기다만 쭉정이 같지.
이건 왜 하필 목 따는 소리를 내지.
첫 시집을 낼 때와 하나도 다를 게 없다.
짧은 식견과 좁은 안목이 마냥 부끄러울 뿐.

그래도 이쯤 하여 시집을 낼 수 있는 건
내 생애의 그림자가 되어준 고마운 아내 때문이다.
잘 자라준 세 아이와 손녀 수빈이 때문이다.
내년 사월이면 보게 될 튼튼이와 콩콩이 때문이다.
나를 이끌어준 스승과 선후배 동료들 때문이다.
그리고 부를 수 없이 멀어진 그리운 이름 때문이다.

두 번씩 표지를 마련해준
막내 내외에게 고마움을 전한다.
시집을 만드는데 힘을 보태준
모든 분들께 깊은 감사를 드린다.

갑오 원단
부여 야화랑에서

제1부 코스모스 필 무렵

제2부 그리운 날의 판화 한 점

제3부 **푸른 노을**

제4부 가을과 겨울 사이

제5부 눈 내리는 낙화암

제6부 **물 · 잠언**

제7부 돌

제1부

코스모스 필 무렵

봉선화

장독대에 피는 꽃을
봉선화라 부른다.

연분홍 꽃잎에
가난 향기가 배었는지
꽃송이 필 때마다
보리밥 타는 냄새가 난다.

찬바람 젖은 앞치마 자락으로
항아리를 열었다 닫는다.

어둑어둑 발자국소리에
장독대 봉선화만 만발하던 그날
때 절은 손등에 떨어지던
뜨거운 꽃잎 하나

나이를 먹어도 봉선화는 왜
그날의 장독대에만 피는 것일까.

방울꽃

방울새 한 마리가 또르르
수풀 아래로 굴러 떨어졌다.
언젠가 다시 날아오를 하늘을
아쉬운 듯 바라보며,
떨어진 방울새는
추운 땅 속 깊이 빨려 들어가
살이 풀리고 뼈들도 삭아
반짝이는 방울만 남았다.
얼마나 잤을까.
멈추었던 바람이 한숨을 토하며
마른 숲을 흔들고
아득한 하늘에서 별들은 날아와
촉촉하게 땅을 적셨다.
껍질 터지는 뜨거운 아픔이
무릎을 지나 가슴을 두드리자
그 곱던 목에서 방울들이 쏟아져
어둠을 털고 울기 시작했다.
하늘에서 쏟아진 숲
그 위로 동그란 꽃송이들이
방울방울 하얗게 피어올랐다.

백련 白蓮

아마도 그대였으리.
가슴 조이는 말발굽소리에 놀라
순백의 날개를 퍼덕이던
백제의 꽃잎
바로 그대였으리.

깊고 어두운 곳에 몸을 풀어도
달빛보다 환한 세상을
한 천년
변함없이 피워 올리던
순백의 넋이여.

아마도 그대였으리.
서럽도록 푸르른 강물위로
흐느끼며 뛰어든
삼십삼천의 꽃잎
바로 그대였으리.

17

연꽃 향기

뽀얀 살 냄새가 난다.
어머니 젖 냄새가 난다.

첫닭 우는 새벽
장독대 앞에 무릎 꿇고 올리는
정화수 냄새가 난다.

조왕사 종소리 따라
거리로 흘러넘친
궁남지 연꽃 향기

아득한 어제를 돌아보게 한다.
가슴에 두 손을 모으게 한다.

목련꽃

하얗게 젖은 여인이 산부인과를 나왔다.
싸한 바람이 빈집 같은 아랫배를 파고들었다.
층계 아래로 떨어지는 발목이 새근거린다.

그렇게 금방 갈 것을 뭣 하러 왔담.

움푹움푹 패인 보도블록이
한숨 섞인 목소리로 투덜거린다.
플라타너스 빈 가지가 머리칼을 움켜쥐고
누렇게 젖어 기우뚱거린다.

기왕 금방 갈 것을 뭣 하러 왔담.

질책하듯 후리고 가는 바람 끝이 매섭다.
사월이 간다.

반란 反亂

그날 이후
민들레는 먹지 않는다.
내 사랑 그대에게 다 주겠단
꽃말도 섬뜩하고
춘곤증을 몰아낸다는 비타민C도
믿음이 사라졌다.
너의 반란이 시작된 그날 아침
덮어놓은 랩을 풀어보다가
흠칫 가슴을 쓸어내렸다.
하룻밤 사이
범벅이 된 양념장을 헤치고
봉두난발로 노란 칼을 뽑아들다니,
고춧가루를 입에 문채
핏물을 노랗게 뿜어대다니,
수저에 칼날 마주치는 소리 요란한
그날 아침 이후
민들레무침은 먹지 않는다.

묘이고사리

고양이발톱고사리 토분을 앞에 놓고
솜털보다 발톱에 자꾸 마음이 쓰인다.
꽃송이 뒤에 감추어진 가시처럼
아기 손 같은 고사리를 내밀며
보드라운 솜털 속에 감추어진 발톱
나는 얼마나 많은 발톱을
웃음 뒤에 감추고 살아왔을까.
얼마나 여러 번 감추어진 발톱에
손등을 긁히며 살아왔을까.
태연하게 내미는 보드라운 솜털 속에
할퀴고 상처 난 어제가 보인다.
미늘 달린 낚시 바늘을 맞대놓은
무서운 하트처럼
바라만 보아도 가슴이 서늘한
보드랍고 날카로운 삶의 경계여.
봄 햇살 쏟아지는 창가에 앉아
솜털도 발톱도 다치지 않도록
고양이발톱고사리 토분에 물을 뿌린다.

개망초

아무렇게나 피도록 놓아두세요.

어둠이 지천이던 허기진 그날에도
논둑밭둑에 무더기로 피어
가난쯤 다 잊고 살았는데,
설움도 아픔도 저절로 꽃이 되어
흐드러지게 그냥 놓아두세요.

황달기 밴 얼굴 앞에 계란처럼 부쳐
상수리뚜껑에 담아주던 착한 우리 누이꽃
땀 젖은 모시베 한필 가슴에 끌어안고
새벽별빛 따라 강경장터 가는 길
야윈 허리까지 이슬 향기 차오르던
그리운 우리 엄마꽃

그리움도 보고픔도 저절로 꽃이 되어
제 맘껏 흐드러지게 놓아두세요.

콩나물

콩나물 한줌이 아침을 맞는다.
천형天刑 같은 면사포를 걷어내자
떡잎 한번 펴지 못한 노란 실뿌리들이
바르르 물방울을 떨며 뽑혀 오른다.
어린 줄기 하나 지탱할
풋풋한 어머니의 땅이 그리워
실낱같은 희망의 촉수를 바닥까지 느리며
기나 긴 밤을 지새웠구나.
대지를 깨우는 오뉴월 햇살도
내일을 두드리는 칠팔월 빗소리도
마음 밖에 던져버린 슬픈 목숨 끝이여.
팔,팔,팔, 끓어오르는 뚝배기를 열고
터져버린 그물에 쏟아 부은 알코올이나
맑은 물소리로 헹궈주게나.
꿈이 부서진 젊은이들 가슴 속이나
화들짝 깨어나도록 풀어주게나.
노랗게 모아 쥔 두 떡잎 사이로
도미솔, 도파라,
맑은 물소리만 가득한
이 아침의 콩나물 한줌

낙엽

모래성 쌓다가 돌아간 자리에
아이들이 버리고 간 알림쪽지 한 장
단풍 물들어 다 지워진
ㄴ,ㄹ,ㅁ,ㅂ
가을이 굴러간다.

모래톱에 얼굴을 처박은
텅 비어있는 시험지 한 장
갈바람소리에 정답 하나씩 그리며
ㅅ,ㅈ,ㅊ,ㅎ
낙엽이 굴러간다.

코스모스 필 무렵

코스모스가 듬성듬성 길을 밝힐 무렵
다 잊고 그리움만 남은 그를 만난다.
참으로 오랜만에 녹슨 기억의 문이 열리고
아득한 하늘이 찻잔에 머문다.

고향의 가을은 살 냄새가 났지.
둑길로 터져 흐르는 노을에 젖어
소 몰고 돌아가는 이름 고운 아이들
반딧불 쫓다가 돌아간 자리에
별들은 무더기로 쏟아져 들꽃을 피웠지.

빛나는 문양을 찾아 흩어진 그 날 이후
차가운 시멘트 바닥을 떠도는 부재의 시간
둑길도 끝이 나고 바람도 허리 부러진
우리는 이제 반편의 아이

오늘 다시
코스모스는 떼 지어 손을 흔들고
빈 하늘만 덩그런 도시 한 모퉁이
무더기 들꽃이 보고 싶다.
살아남은 그리움을 만나보고 싶다.

존재 3
— 매미

열대야로 잠 설친 이른 새벽
모과나무 기둥을 붙잡고 우화하는
애봄매미 한 마리
칠년 전 잃어버린 그 날개무늬와
그 목소리 다시 찾으려
굳은 등피 두드리며 쏟아지는
한여름의 탄생신화

깊은 밤까지 질탕하게 놀아나다
남편 보다 늦게 돌아온 게으른 아내처럼
늦었소이다. 늦었소이다.
한 생애 스무여 날
발음막을 긁어대는 애봄매미들

따가운 늦여름 햇살 속
동구 밖에 나앉은 노인들 머리 위로
길고긴 장탄식이 요란하게 이어진다.
덧없소이다. 덧없소이다.
스무날도 덧없소이다.
팔십 년도 덧없소이다.

존재 4
　　— 올챙이

한 삼십 년 둘째형이 타작하는
깊은 산 속 다락 논은
옛 모습 그대로 살아있었다.
수렁 때문에 이앙기를 거부한
부드러운 흙탕에 무릎까지 발을 담그면
쪼르르, 쪼르르 물길 따라 몰려다니는
낯익은 올챙이 떼
봄밤이면 논둑이 무너져라 울어대던
개구리들은 자취도 없는데
그 어디에 너희들이 숨어있었는지
말랑거리는 볼 위로 뽈록 솟은 주둥이와
좁쌀 같은 눈망울을 한참이나 바라보다가
보고 싶은 사람 찾는 아침마당에서
눈물로 얼싸안는 가족을 볼 때처럼
갑자기 눈시울이 뜨거워진다.
그날 밤 빗소리에 섞여 들리는
개구리 울음소리
마침내 꼬리가 잘려 나가려나.
엉덩이 근처가 뻐근해진다.
드디어 앞다리가 솟으려는가.
겨드랑이 근처가 근질거린다.

존재 5
― 남포방조제

감 이파리만한 우럭 몇 마리 잡으려고
새벽잠 설치며 도착한 남포방조제
발등을 치고 올라오는 파도 속에
곰삭은 크릴새우를 매달아 낚시를 던진다.
방조제 등대불도 다 꺼지고
동녘 하늘이 붉게 틔어올 즈음
부력 찌를 잡아끌고 달아나는 욕망의 몸부림
팻발선 낚싯줄이 팽팽하게 균형을 이루면서
드디어 살아나는 세상을 보았다.
어둠을 뚫고 모습을 드러내는
갯강구, 삿갓조개, 검은 왕따개비들이
일제히 소리를 지르며 힘살을 세운다.
두 팔에 실리는 팻발선 몸부림이
잠든 듯 고요한 가슴 밑바닥에
뜨거운 불씨를 지펴놓았다.
남포방조제 미끄러운 갯바위에서
싱싱한 삶을 노래하는
갯고둥, 비단고둥, 대수리고둥
그들과 함께 내가 다시 살아난다.

해후 邂逅

가을엔 세상 빛이 한 곳에 모인다.
나뭇가지 끝에 고인 그 빛 너무 맑아
떠난 사람 그리움까지 비쳐 보인다.

때 이른 봄비에 젖어
가슴을 부비며 꽃 피웠던
아득한 우리들 사랑

하고 싶은 말 소나기처럼 툭툭 뱉어내고
흙탕물에 그 상처 아픔만 더 하던
잔인한 여름도 가고

흔들림 하나 없이 돌아 서리라던
헛된 약속
눈부신 핏빛 햇살에 녹아
젊은 날 가슴을 파고들던
절망, 분노, 슬픔, 모두
마침내 뜨거운 만남을 보겠구나.

보시布施

두 달 가뭄에
학교 앞 웅덩이도 바닥을 쳤다.
살길을 찾아 쪼르르 몰려다니는 송사리 떼
맘먹고 살림뜰채를 들고 가보니
웅덩이 언덕 버들가지에
파랑 꼬리 촐랑대는
물총새 한 마리

송사리 떼와 물총새를 번갈아 바라보다
뜰채를 거두어 되돌아섰다.

원래 내가 지은 웅덩이가 아니니,
송사리 떼는 냇물이 짓고,
배고픈 물총새는 수풀이 짓고,
돌이 짓고, 바람이 짓고,
해와 달이 지었으니,

모른 체 돌아서서 하늘을 본다.
제 갈 길만 재촉하는 흰 구름 한 점
날 담아낼 살림뜰채는
누가 들고 있는 건지.

참새

새 중에 참새가 참 참새다.
국어책 첫머리에서 짹짹짹
아침 햇살을 불러내던 새,
옥수숫대 속살을 빨아대며
진흙 팡개질를 날리면
날아갈듯 흉내만 내다
논두렁에 다시 주저앉던 새,
허수아비쯤 눈치밖에 세워놓고
설익은 들판을 나누어 먹으며
허기진 하루를 참아내던 새,
기울어진 그믐밤 사다리에 올라
초가지붕 추녀 밑을 들추면
톡토독 부리와 손톱이 마주치는 소리
저도 놀라고 나도 놀라서
재빨리 어둠속으로 스며들던 새,
전깃줄에 나란히 앉아
젊은 부부 총에 맞고 빙글대던 새,
휘어이, 짹짹짹,
추억 속에 둥지를 틀고
새 중에 참새로 울어주는 새

제2부

그리운 날의 판화 한 점

그대를 보내고 1

그대를 보내고 돌아와 문을 닫았다.
바람 한 점 샐 틈 없이 풍지를 바르고
밀려드는 햇살에 골고루 어둠을 발라
보이는 것마다 까막눈을 만들었다.
무덤 속에 흐르는 소름 돋는 절망감

흐름을 잃어버린 수많은 낱말들이
살점을 뚫고 기어 나왔다.
미끄러운 양수를 타고 쏟아져 출렁이는
태반 속 강물처럼 흐느껴 울었다.
시간의 발자국을 지우며
뜨겁게 부서지는 포말로 울었다.

그대를 보내고 2

싹둑, 한꺼번에 모두를 잘라냈다.
새까맣게 타버린 기다림도
때 없이 종알종알 날아오던 문자도
싹둑 잘라 대밖에 묶어 세웠다.

가위 날에 잘려
까, 르, 르, 도막난 웃음소리가
얼어붙은 길바닥에 낭자하다.
두 동강이 나서 떨어지는
뜨거운 눈물방울이
어둠이 깔린 골목에 홍건하다.

싹둑, 싹둑, 싹둑,
자르고 잘려 흐름이 막힌
깜깜한 눈,
깜깜한 귀,
깜깜한 밤,
아침은 다시 오지 않았다.

그대를 보내고 3

늦은 아침
기지개를 켜며 창문을 여니
언제 그랬냐는 듯 구름 한 점 없다.
바람도 불지 않고 싸락눈도 사라졌다.
어젯밤 새로 모두 흘러가버렸다.
아니 꿈속을 헤매던 내가
이곳까지 흘러들어와
또 다른 하늘을 보는 지도 모르지.
걱정하지 않아도 좋은 하늘
또 다른 구름이 모여들겠지.
저희끼리 뭉쳐서 눈송이도 만들고
바람을 불러들여 흘러가겠지.
네모 난 창문 너머
낮달 하나 슬그머니 흘러들어와
빈 하늘을 어르다 사라진다.
다 잊은 듯 창문을 닫는다.

벚꽃이 피면

눈송이처럼 피어오른 꽃길을
흰나비 머리핀 살랑대며
총총히 멀어져간 단발머리 뒷모습

봄이 오면
닫아둔 말문을 다시 열고
벚꽃이 다 지기 전에 말하리라.
그날 그 꽃잎 속에 그대를 묻어놓고
오늘을 기다리며 살았노라고.

벚꽃이 피면
빗장 지른 마음을 열고
꽃잎 같은 편지를 다시 띄우리라.
단발머리 꽃향기 속에 나를 묻어놓고
그날을 그리워하며 살았노라고.

벚꽃이 지면 나도 가리라.
아득한 기억의 시간을 거슬러
오늘 다시 눈송이처럼 흩날리는 벚꽃 잎
하고 싶은 말 모두 바람에게 실어주고
꽃잎 따라 나도 가리라.

시월의 편지

사랑이 뜨거움을 알았기에
사랑하기 위해 다시 떠납니다.
마음만 들떠서 허둥대던 앳된 시간
맨살을 파고드는 밀물에 젖어
나도 모르게 달빛을 만났습니다.
비밀은 없었습니다.
혼자 간직한다고
될 일도 아니었고요.
아름답다거나 그립다는 건
아픔과 하나임을 알았기에
편지 한 통을 그대에게 남깁니다.
가져갈 것은
모두 바람에게 맡겼습니다.
봄비에 흠뻑 젖거든
그때 알려주라 일렀습니다.
무심한 발에 밟혀도
사랑이 눈뜨면 다시 뜨거워져
긴 밤을 뒤척이며 아파하겠지요.

편지를 태우며

네가 이렇게 따뜻할 줄이야.
감정의 한계를 넘어선
너의 편지를 태우며 나는 알았다.
내게 던진 수많은 너의 독설이
불속에 들어 제 몸을 삭히더니
마침내 차디찬 내 몸을 녹였다.
네가 뱉어낸 슬픔도 분노도
나를 몰아붙이던 원망도
모두 뜨거운 가슴에서 쏟아진 거란 걸
잃어버린 시간은 그렇게 따뜻함을
편지를 태우며 비로소 알았다.

가을비 속에

그립단 말은 하지 않으마.
보고 싶단 내색도 하지 않으마.
열린 문마다 빗장을 걸고
가을비 속에 너를 보낸다.
풋내만 시퍼렇던 봄날의 애증과
상처뿐인 혼돈의 여름을
남김없이 그대에게 돌려주노니
이제 모두 가져가도 좋다.
부질없던 젊은 날 우리의 열정도
어느새 한 알의 모과로 익어
아침 뜰에 가득한 이 가을의 향기
우리가 누렸던 무성한 그늘과
가슴에 삼킨 뜨거운 햇살을
모두 그대에게 돌려주노니
어둠을 가둔 문이 열리고
세상이 눈뜨는 그날이 오면
다시 날 사랑하겠단 약속 하나로
가을비 속에 너를 보낸다.

지지않는 꽃

사십년을 뒤척이던 산과 들에
아직도 지지않는
꽃 한 송이 피어있다.
수없이 제 모습을 바꾸어 앉은
물과 바람 속에
젊은 날 그 향기 그대로 피어있는
한 송이 꽃
아득한 시간을 거슬러
다시 마주한 금강 기슭에
진자주 붓꽃으로 돌아온 당신
푸른 교복 눈부신 옷깃 위에
예나 다름없이 아름다운 이름으로
활짝 피어있는 자줏빛 꽃창포여.
몸살 앓는 청춘의 사월을 지나
꿈처럼 찾아온 그리운 사랑
영원히 시들지 않는 가녀린 꽃대 끝에
그날 그 향기 아직도 그윽하다.

그 바다에 와서

수평선 위에 노을을 띄운 그날의 바다
사라져간 시간을 모두 끌어안고
갯바위에 제 몸을 문지르며 속삭인다.
보이지 않아도 나는 안다.
들리지 않아도 우리는 안다.
바다 밑바닥까지 자맥질하는 갈매기 날갯짓에
무심했던 세월의 먼지들이
뽀얀 물안개로 피어오르고
바다가 보이는 방 창문을 열면
어두워가는 물결 위로 돋아나는
꿈같은 날의 기억들이
소리가 되고 노래가 되어
가만가만 가슴을 적시는 그날의 바다
썰물이 빠져나간 모래톱에
달빛으로 남은 발자국을 따라
그날 그 길을 다시 걸으며
끝내 다 못한 자모음들이
부표처럼 떠다니는 수평선 너머로
노을 물든 구름 한 점 다시 띄운다.

흔들리는 것은

바람에 흔들리는 것은 갈대가 아니다.
메마른 억새꽃이 아니다.
겨울을 재촉하는 비바람 속에
제 몸을 가누지 못하고 흔들리는 것은
계절을 잃은 나뭇가지가 아니다.
갈참나무 마른 잎이 아니다.

불어오는 바람에 가슴을 열어젖힌
까맣게 잊었던 아득한 기억들
오랜 시간 멍으로 남은
그날의 아픔들이 흔들리는 것이다.

흔들리는 갈대에 기대어
주체 못할 그리움이 나부끼는 것이다.
메마른 억새꽃에 기대어
보고 싶은 갈망이 펄럭이는 것이다.

인연因緣

마침내 만난 그대와 나
오랜 설렘과 아득한 그리움
한낱 꿈이라 날개 접고 내게 온 그대처럼
나 또한 그대에게
빈 마음 하나로 돌아가나니.
삼십삼천의 하늘을 건너
이름 없는 어느 별에서던가.
그때도 오늘처럼 바람 타고 세상을 떠돌다가
한낱 꿈이라 생각하고
그대와 나만의 성을 쌓았었는데,
시간은 어느 별에서나 빈틈없이 바쁘고
산자들의 전쟁은 끝없이 치열하여
끝내 성채를 지키지 못하고
황망히 그대를 떠났었는데,
삼십삼천의 아득한 하늘을 돌고 돌아
이제 다시 그대 내 품에 있나니,
나 그대에게 돌아가
더 크고 높은 성채를 축조하리니.
물이 갈라서고 산이 무너져도
무량으로 이어진 우리의 인연
우리 그렇게 복원되었나니.

부를 수 없는 이름

부를 수 없는 이름 하나쯤
누구나 가슴속에 묻어두고 산다.
세월이 남기고 간 것 모두
되돌려 줄 수 없는 것처럼

짧은 하루해 노을에 잠기면
허전한 마음 한구석을 열고
소리 없이 나를 부르는
그리운 이름

제 무게 하나 버티지 못하고
뜰에 내리는 단풍잎처럼
철없던 한여름의 상처도
달디 단 눈물로 익어가는
가을이 오면
때 없이 떠오르는 그리운 얼굴

함께했던 시간들 뿔뿔이 흩어져
자취 없이 까맣게 잊은 듯해도
무심코 펼쳐본 책장 사이

아직도 꿈이 덜 깬
단풍 한 잎

속내 다 털 수 없는 그리움 하나쯤
누구나 가슴속에 간직하고 산다.
세월이 가져간 것 모두
되돌려 받을 수 없는 것처럼

슬픈 재회

꿈처럼 흔들리는 시간 속에
꽃 한 송이 걸어간다.
꽃을 든 사내와 눈물 얼룩진
한 여인이 걸어간다.
아득한 전생에서 두 사람의
마지막 계절이 죽고
가슴 한쪽에 켜놓은 촛불마저
가물가물 아픈 손을 흔들며 멀어지던 밤
섭섭함 아쉬움 야속함 그리움
다 타버린 마음 조각들이 싸늘한 재가 되어
삶이 그냥 어둠이었는데,
오랜 기다림 뒤에 어김없이 세상은 밝아오고
눈 녹은 사월은 다시 돌아와
점점이 쌓인 잿빛 땅 위로
파릇파릇 돋아나는 뜨거운 아지랑이
어둠은 어둠에 녹아 제 스스로 흘러가고
꽃을 든 사내와 눈물 얼룩진 한 여인은
꿈처럼 아득한 시간 속에
다시 또 촛불을 켠다.
잊을 수 없는 전생의 이름 다시 부르며
노을 가득한 이승의 층계를
떨리는 가슴으로 밟아 오른다.

그리운 날의 판화 한 점 3

가녀린 목을 흔들어대는 억새 사이로 금강이 보인다. 눈 쌓인 백사장에 멀어져간 두 발자국은 여전히 수평이다. 단발머리가 내려앉은 하얀 칼라에 초겨울 햇살이 눈부시다. 때를 놓치지 않고 둥근칼로 보조개 한 점을 옴폭 떠낸다. 청초한 붓꽃 한 송이 종알종알 피어오른다.

잠시 조각칼을 내려놓고 창밖을 더듬던 시선이 발자국을 따라 걷는다. 시작부터 좁혀지지 않던 안타까운 거리는 모래톱까지 이어져 강물 속으로 사라졌다. 손을 내밀면 간신히 잡을 수 있었을 그날의 간격, 아픔처럼 남은 발자국 위로 다시 눈발은 휘몰아쳐 잊은 듯 사십년을 덮어버렸다.

화사한 금계국이 만발한 초가을 강변, 잃어버린 시간의 톱니가 강물에 몸을 담그고 제 살을 닦는다. 반백의 어깨를 나란히 기대고 호크레인 발톱에 사라진 발자국이 보일 때까지 사십년간 쌓인 눈덩이를 정성껏 납작칼로 떠내며 기억의 밑바닥을 문질러댄다.

금계국도 노을과 한 몸이 되어 강물 속으로 사라지고 밤하늘 별빛으로 되살아날 그날의 발자국을 꿈속에 그리며 이제 그만 돌아설 시간, 휘몰아치는 눈송이들이 깃발처럼 창문에 부딪칠 때면 습관처럼 펼쳐보고 싶은 그리운 날의 판화 한 점

그리운 날의 판화 한 점 4

소녀가 서있는 은행나무 아래로 발그레 노을이 흘러내린다. 얼룩말 바지와 쑥색 스웨터가 노란 단풍잎과 어울려 한층 곱다. 잔가지를 흔드는 미세한 바람에도 놀란 듯 노을을 끌고 와르르 쏟아지는 은행잎 무리, 세상 것들 모두 떠나고 금방 빈 하늘 혼자 남을 것 같아 마음이 조급하다. 기다림도 잊었는지 떨어지는 은행잎 줄기에 정신이 팔린 소녀를 바라보며 책상 위에 흩어진 고무판 가루처럼 마음이 산란하다. 만날 수 없다는 강박감은 더 절실한 욕망의 칼질로 가슴을 후벼댄다. 칼끝에 빛깔을 털린 노을 한 조각이 검붉게 쏟아져 고무판 가득 홍건하다.

한 나무에 매달려 자가 수정을 할 수 없는 두 개의 젊은 꽃송이 시작은 항상 끝을 향하고 끝은 처음부터 시작 안에 있었다.

지글거리는 라디오에서 유행가 한 가락이 담배 연기 따라 뽕짝으로 흩어진다. 사랑은 눈물의 씨앗, 사랑은 죽음의 씨앗, 꾸물거리는 박자에 맞춰 고무판 위를 넘나드는 세모칼 자국 위로 은행잎이 겹쳐 쏟아진다. 아픈 손을 비비며 허리를 폈을 땐 소녀티를 벗어 던진 다 자란 여인이 창문 가까이까지 그림자를 던지고 서있다. 기다림도 끝이 났는지 책갈피마다 기억을 감춘 꼭꼭 다져 넣고 돌아서는 소녀 여인, 이제 나도 일어서야지. 다시 시작하는 마음으로 오늘의 작업을 끝마쳐야지. 끊임없이 지글지글 끓어오르는 유행가 가락 따라 고무판 구석에서 스멀스멀 저녁연기가 피어오르면 그 속으로 사라지는 얼룩말 바지, 사라졌다 나타나는 쑥색 스웨터, 은행잎이 바람에 흩날릴 때면 습관처럼 펼쳐보고 싶은 그리운 날의 판화 한 점

아득한 날을 그리며

비 오시는 날
깜박 잊고 걷어놓지 못한 빨래처럼
내 의식 변두리를 서성이는 그림자 하나
보이지 않는 가슴 밑바닥에 간직하리란
그 날의 다짐 비웃듯이
오늘 나는 또
솔바람 흩어지는 외진 산모퉁이에서
돌아오지 않을 사람을 향해
구겨진 손수건을 흔들고 섰다.
함께 했던 아득한 날들이
ㅂㄹㄹ, ㅍㄹㄹ,
조각난 그림처럼 바람에 날리고
뒤엉킨 낱말들은
ㅅㄹㅇ, ㅈㄹㅇ,
뜻 없는 낱자로 풀어져
짧고 허망했던 한여름 밤의 흔적들
숨은 그림들이 눈앞을 가로막는
그 날의 숲 속을 거닐며
이제 와선 그 무엇으로도 채울 수 없는
빈 가슴을 가로지른 빨래 줄 가득
아픔 같이, 슬픔 같이,
아직 마르지 않은 그대가 걸려 있다.

금

머리카락 같은 실금 하나가
탁자 위를 기고 있다.
안타까운 두 시선이 뜨겁게 쏟아져
갈라진 틈을 메우려 애 쓰지만
창밖에서 밀려오는 찬바람 한줄기가
탁자바닥을 매정하게 획 쓸고 지나간다.
마주 잡은 손끝 하나로
세상 흠집 다 지우고
박자를 놓친 시간까지도
꿀맛 같은 단내를 풍기며 살아왔는데
아침을 여는 창문이 다르다.
고개 들어 바라보는 하늘빛이 다르다.
그대가 던진 원망 섞인 투정이
단단한 빗장이 되어
아프게 가슴을 가로 지른다.
흐르는 시간 곳곳에 의혹의 덫이 놓이고
헛된 욕망들이 그물에 걸리면서
갈라진 빈틈마다 채워지는 어둠
이음매를 잃고 돌아누운 등 뒤로
실금을 타고 흐르는 찬바람 한 줄기가
웅크린 잔등을 한층 시리게 한다.

제3부

푸른 노을

녹슨 열쇠

내겐 녹슨 열쇠 하나 있네.
일찍이 아무데나 버려도 좋았을
쓸모없는 부적 하나 있네.
장난감 자동차도 굴릴 수 없고
빗장 지른 창문 하나 열 수 없다는 걸
알고 있네만
나는 버리지 않기로 했네.
낯선 얼굴과 계산을 마치고
빈속에 소주잔을 기울일 때나
가로등 불빛 사이로
억새꽃 눈송이가 앞을 가로막는 거리에서
문득 손에 닿는 혈연 같은 것
이까짓 녹슨 열쇠로
빗장 지른 그대 가슴 어찌
풀어낼 수 있겠느냐만
나는 버리지 않기로 했네.
우리들 문고리가 굳게 잠겨
영원히 열 수 없이 되는 날
녹이 슨 자물쇠를 풀어낼
이것은 틀림없는 열쇠이기 때문이네.

때늦은 외출

잊고 싶지 않았던 옛이야기를
이제 그대에게 들려주지 못 하는 것은
벽을 향해 누운 밤이 너무 깊어서네.
어둠이 걷힌 아침이면 그 숲길 다시 걸어
그 날처럼 다시 바다에
또 다시 산에 이르고 싶었네.
깊은 밤 허우적이다 눈을 뜨면
무너진 욕망의 잔해들 틈에
혼자 울다 지쳐 잠든 나를 보았네.
이제 돌아와 그대 앞에 서겠네.
못질한 창문을 열어젖뜨리고
그대가 내미는 손이 꼭 바다가 아니라도
다시 또 산이 아니라도
함께 울고 함께 웃겠네.
아직 끝나지 않은 길이
남아있다면

겨울비에게

묻고 물었네.
산구름 휘감긴 가파른 고갯길
까맣게 사라진 자욱한 구절초 떼
다시 불꽃 되어 피어나겠는지.

빗장 걸린 계절 밖
잠든 가랑잎을 적시는 그대에게
내 삶의 얼마쯤이 기다림이었는지
지친 걸음 돌아서서 묻고 물었네.

녹슨 서풍이 흔들고 간 빈 들녘에
갈 곳 없어 서성이는 그 숱한 시간들
다시 돌아올 봄의 강가에
출렁이는 갈대로 우거질 수 있겠는지.

납빛 하늘 떠돌아 내리는
무심한 그대에게
애원하듯 구걸하듯
묻고 물었네.

사람을 찾습니다

사람을 찾습니다. 쌀겨 냄새 가득한 정미소 창고 앞에서 밑 찌그러진 양재기를 단정히 받쳐 들고 뜨겁지만 너무 고소했던 구호물자 우유를 '호오, 호오.' 불어 삼키던 초등학교 일학년짜리 사내애를 찾습니다.

학교를 마치고 돌아와 찬물에 만 꽁보리밥 한 덩이 후루룩 마시고 철사 꿰미에 장대 하나 들고 들판 숲 속 헤매며 개구리를 잡다가 박씨네 콩밭머리에 앉아 두 뺨이 시꺼멓도록 풋콩을 구워먹던 개구쟁이를 찾습니다.

굽지도 않은 마른 김에 소금 간 맞춰 둘둘 말아주신 김밥 넉 줄 땜에 하루 종일 아무 것도 보지 못하고, 아무 소리도 듣지 못 하던 오학년 소풍날 아침부터 점심 먹자고 끈질기게 졸라대던 배고픈 소년을 찾습니다.

호크를 끼운 교복을 단정히 차려입고 귀가하는 길, 첫째 나무 밑에서 빵 한 덩이 훔치는 장발장을 읽고, 둘째 나무 밑에서 자베르 형사에게 쫓기는 장발장을 읽고, 긴긴 여름 해가 서산에 제 머리를 다 묻을 때까지 시장이 된 장발장을 쫓아 헤매던 중학생을 찾습니다.

쉰을 넘기면서 불면의 밤은 더욱 깊고 잠 못 드는 밤마다 자꾸만 밟히는 그 얼굴들을 다시 한 번 보고 싶어 사람을 찾습니다. 코흘리개 일학년 사내애부터 푸른 꿈 찾아 헤매던 젊은이까지 내 이름으로 불리던 그리운 그 날의 그 사람을 찾습니다.

생일날 저녁

희끗희끗 반세기를 돌아온 바람이
그만큼의 세기로 머리칼을 날린다.
태어난 날 나는 나를 볼 수 없었지만
열한 번째 산고를 치르신 마흔 여섯이셨던
어머니 모습이 눈에 선하다.
쉰둥이를 얻은 아버지는
고추와 숯을 섞어 삼줄을 걸면서
쑥스러운 웃음으로
내심 흐뭇한 마음을 감추셨을 테고.
마침 증조부 제일인 시월 스무 사흘
메밥을 짓다가 터져 나온 울음소리로
때늦은 한 세상을 깨워주신 어머니
돌아가신 지 벌써 이십 년이 넘어
그 모습 꿈에 본 듯 아득한데
문득 가슴 밑바닥을 다독이며 지나가는
떨리는 목소리
'밥부터 먹으렴. 그만 자야지.'
한숨으로 잦아지신 어머니 음성이
자장가처럼, 자장가처럼
허연 머리칼을 쓰다듬고 지나가신다.
아직도 나는 안쓰럽고 딱한 막내

검색^{檢索} 4
— 접속

어둠으로 통하는 닉네임을 대세요.
발자국 없는 비밀번호를 입력하세요.
잠시 연결 중,
접속되었습니다.
전선 단자가 서로 이어져
불꽃 튀는 전기회로
깜빡이는 아바타로
무한 창공에 띄우는
우리들의 숨은 그림
공간 내 좌표계에서
한 점으로 만나는 포물선
아득히 멀어지는 점
그 안에 숨어 사는
그림자뿐인 그대 목소리
흔적 없는 만남의 카페
그대 닉네임은 미분화의 회로소자
지상에 없는 비밀번호 어둠속에 입력
다시 연결 중,
접속되었습니다.

이순^{耳順}

아침 해 오르는 소리 들어보셨나요.
어둠이 내리는 소릴 들어보셨나요.
허유의 영천^{潁水}에 두 귀를 닦아도
크고 아득한 것들의 숨소리는
이 세상 그 누구도 알아듣지 못합니다.

씨앗이 눈뜨는 소리 들어보셨나요.
꽃잎이 열리는 소릴 들어보셨나요.
아무리 넓고 밝은 당나귀 귀라도
작고 은밀한 것들이 속삭이는 소리는
이 세상 그 누구도 알아듣지 못합니다.

가슴이 뜨거워지는 소리 들어보셨나요.
눈물이 고이는 소릴 들어보셨나요.
낮 새와 밤 쥐가 번서며 귀기우려도
깊고 뜨거운 것들이 솟구치는 소리는
끝끝내 그 누구도 알아듣지 못합니다.

그해 겨울

그해 겨울은 버팀목 하나로는
견딜 수 없는 바람 속에 살았네.
한 육십년 쌓아올린 나이테를
한꺼번에 꺾어 내린 칼날 같은 겨울바람
내 삶의 깃발을 모두 내려
부러진 허리를 질끈 동여매고
몰아치는 바람과 맞서 싸웠네.
어린 시절 걸음마까지 마비가 오도록
하반신을 부둥켜안고
핏대를 세워 버티다가
우지끈 부러져 내린 노쇠한 나무기둥
청담동 우리들 병원 천이백이호실
안개를 헤치고 마취에서 깨어났을 땐
땡볕 같은 온열등 아래
아내의 눈망울만
천정 가득 파르르 떨고 있었네.
그해 겨울은
온몸이 진땀에 흠뻑 젖고도
이길 수 없던 계절이었네.

돌을 던지며

꿈이 깨진 돌은 때를 알아서 던져야한다.
이쯤 모르면서 세상사는 사람 어디 있는가.

꽃놀이패에 걸려 속이 훤히 들여다보이는
답답한 바둑판을 앞에 두고
땀 젖은 바둑알만 타다닥거리는
그런 사람 또 어디 있는가.

살아가다 보면 누구나 한두 번쯤
부딪치는 막다른 골목
기다림의 시간이 다 삭아 내리도록
수를 세고 또 따져 읽어도
벗어날 호구 하나 보이지 않는
다 엎질러진 바둑판을
끝끝내 떠나지 못하는 이여.

훈수꾼조차 없는 외로운 길
집계까지 다 끝난 굿판이지만
그리 쉽게 떠날 수 없는 우리들 생애
던질 곳을 잃은 외로운 돌 한 점
노을에 젖어 마음 아프다.

올 봄엔

올 봄엔 봄빛 하나로 살아보자.
앞마당에 쏟아진 햇살
땅속 깊이 스며들게 그냥 놓아두고
반짝 시샘 추위가 옷깃을 파고들면
슬며시 옷깃 여며 바짝 웅크려 떨고,
봄비 촉촉이 대지를 적시거든
봉숭아, 나팔꽃, 일일초
자리차지 할 만큼 넉넉히 땅 내어주고,
갈참나무 마른 잎 날리는 봄바람 따라
휘적휘적 내 나이만큼만 산길을 오르다가
펑퍼짐한 나무 등걸에 걸터앉아 쉬고
돌아오는 길 포장집 들마루에 앉아
소주 한 잔 시켜놓고
한 많은 넋두리에 추임새 섞어
흥이나 돋아주고
올 봄엔 그렇게 봄빛에 젖어 살아보자.

엠 알 아이(MRI)

밝힐 수 있음 밝혀 보아라.
감나무에 오르다 미끄러져 실금 간 팔뼈부터
젊은 날 되돌려 받은 장미 한 송이
그 가시에 찔린 마음의 상처까지
힘줄 돋은 작업 끝에
함부로 망가뜨린 고관절부터
음주측정기 입에 물고 소주 두어 잔을
끝까지 부인하던 섣부른 객기까지
찾을 수 있음 찾아보아라.

하얀 튜브 속에 맨살로 누워
뼈마디 부딪치며 지나가는 은밀한 공명음
삭은 뼈에 흐르는 신음소릴 듣는다.
폐쇄된 공포 속을 뚫고 들어온 한 가닥 빛살이
가슴 밑바닥까지 얇게얇게 저며 내며
은폐된 죽음의 그림자를 밟는다.

한 평생 얻어낸 빛과 어둠을
대낮처럼 밝혀서 찾아낸 영상
연골 깊숙이 대못처럼 박힌
소중한 나의 살코기 한 점
끝끝내 버릴 수 없어 더욱 가슴 시리다.

바람벽에 기대어

반쯤 기울어진 토담에
고물고물 노란 햇살들이 몰려있다.
팔십 여년 바람을 가로막고 선 메마른 갈대
앙상한 뼈마디마다 파란 실핏줄이 비춰 보인다.
두어 달 건너 고향에 들르면
북풍을 등진 바람벽에 기대어
노란 햇살과 함께 고물고물 작아져버린
큰형님 세상
떠오른 얼굴, 들리는 목소리를
두 눈을 부릅뜨고 잡으려 해도
해마에 뒤엉켜 풀리지 않는 실타래
기억의 뿌리를 잘라내는
그 아픔, 알츠하이머
두어 마지기 천수답에 뿌려놓은 가난이
배고픔만 부추기던 허기진 겨울 밤
설마 산 목구멍에 거미줄 치겠느냐
하늘을 바래 장담하며 살아온 촌로의 일생
그 장담마저 찾을 길 없는 상념의 한 끝을
야윈 두 주먹에 움켜쥐고
노란 햇살들만 고물거리는 바람벽에 기대어
다시 돌아올 지난날들을
까맣게 기다리고 있는 큰형님 세상

쌀밥을 지으며

'쉬이익 휴우'
낡은 압력솥 숨구멍에서
가쁜 숨소리가 새어나온다.
아내가 없는 날
흰 쌀에 보리 한 줌 섞어 밥솥에 안쳐놓고
자글자글 밥 익는 소리에 군침이 감도는데
숨구멍을 빠져나오는 수증기에 섞여
난데없이 들려오는 뜨거운 한숨소리
밀반죽 한 덩이 숟갈총으로 뚝뚝 잘라
멀건 호박풀대 속에 풀썩풀썩 던져 넣고
눈물 섞어 하염없이 돌려 젓던 허기진 휘파람소리
주발 가득 멀건 국물을 퍼 담으시며
대장군, 조왕신, 삼신할미, 천지신명
어린 것들 빈 속 가득 만복을 채우소서.
찢어진 앙가슴을 베적삼에 묻어놓고
두 손 모아 올리시던 간구한 기도소리
맵고 시린 팔십 평생 허리춤을 졸라매고
논바닥처럼 갈라터진 주름살 사이로
끊일 듯 이어지던 울 엄마 신음소리
'쉬이익 휴우'
낡은 압력솥 숨구멍에서
가슴 에이는 한숨소리가 새어나온다.

푸른 노을

아비가 달이 되어 산에 오르기 전에
네가 먼저 별이 되어 숲에 들거라.
물컹물컹 늘어진 힘줄마다
푸르게 물든 노을을 닦아내면서
형님 얼굴이 그늘 속으로 부서져 내렸다.
눈동자만 겨우 돌려 바라보이는
민들레병원 집중치료실 천정이 희부옇다.
멀고도 아득한 턱과 가슴 사이
끊어져버린 시간 틈새는
어느 바늘땀으로도 이어지지 않았다.
반가운 이웃들 소식 가득 싣고 달리던
지입 차 네 바퀴가 뿔뿔이 흩어져
희부연 안개 속에 전신마비로 누웠다.
제 아비 피멍든 노을에 기대어
턱수염만 겨울 보리밭처럼 시퍼런
서른다섯 안타까운 푸른 노을아,
너는 언제쯤 제 몸으로 익어
서쪽 하늘을 발갛게 물들일 수 있겠니.
그렇게 네가 지면 나도 지리라.
푸석푸석 쏟아지는 살비듬처럼
형님 한숨이 어둠속으로 부서져 내렸다.

회상기 1

이순을 넘겨 뒤돌아보니
이 한 몸 숨길 곳이 아무데도 없다.
숨기장난 하던 어린 시절
짚더미 위로 드러난 머리칼을
모른 척 눈감아 주던 순이도 없고,
푸른 혈기로 저지른 흉터를
숫기라 덮어주던 벗님도 없다.
몸 부딪고 함께 살아온 이들을
나는 얼마나 감싸주었는지.
보이지 않는 구석에 모여
얼마나 많은 이를
알몸으로 만들어 울게 했는지.
이순을 넘겨 올라선 언덕 위에
솜털 하나 숨길 수 없는
내가 서있다.

회상기 2

눈 쌓인 길을 걸었습니다.
앞서간 발자국을 따라
걸었습니다.
따라 가다 되돌아오고
걷다가 되돌아오곤 하였습니다.
간격이 너무 넓어 숨이 차거나
발목이 빠져
꿈이 다 젖곤 했습니다.
끝내 내 발자국은
남기지 못했습니다.

미혹 迷惑

이 나이에 무슨 낙을 보자고
검버섯 점투성이 얼굴에 마취제를 바르고
피부과 대기실에 쪼그려 앉아있다.
밀려드는 젊은이들 틈에 바짝 주눅 들어
구겨진 신문지에 얼굴을 처박고
무너진 글자 위로
희미하게 얼비치는 네 얼굴을 떠올렸다.
하필 그날 점이야길 하다가
긴 밤 내내 넘치는 술잔 위에
불길한 어둠 덩어리로 둥둥 떠다니던
눈 밑 점 하나
진부를 가릴 수는 없지만
보고 듣는 모두가 믿음이 된 아비였기에
레이저 불빛 아래 눈을 감고 누웠다.
마흔이 다 되도록 고시원에 엎드려있는
검버섯 같은 너의 액운
고소한 살 냄새로 훨훨 날아가 버리길
간절히 바라면서

제4부

가을과 겨울 사이

입춘 立春

아직 우리가 자고 있을 때
여자가 왔네.
기다리다, 기다리다 잠 든 뒤에야
그 여자가 왔네.
지난 가을
우리들 사랑의 문에 못질을 하고
새파란 입술 잘근잘근 씹으며
떠난 여자가
바람난 샛서방을 데리고 왔네.
이제 모두를 주어야 하리.
부푼 유방과 잘록한 허리에
군침 질질 흘리며
가진 것 모두 빼앗겨야 하리.
꽃을 따라, 맹목적인 꽃을 따라
일생을 망치는 저 슬픈
곤충들의 소모
지난 가을처럼 우리 가진 사랑
모두 자궁에 받아 넣고
헛구역질하며 떠나갈 여자를
우리는 왜 목이 빠지게 기다렸는가.

비 오시는 날

비 오시는 날
물은 물을 만나 한물이 된다.
계곡물도 흙탕물도
허물없이 경계를 허물고
두루 어울려 한 바다로 떠난다.

비 오시는 날
세상 얼굴들도 한데 모여 한물이 된다.
아픔도 미움도 한물에 녹아
귀를 열고 입을 모아 출렁거린다.

비 오시는 날
말끔히 닦인 창문에
아직도 녹슨 쇠 빗장이 걸려있는가.
뼈처럼 가시처럼
아물지 않은 상처가 남아있는가.

비 오시는 날
하늘은 맨땅에 뿌리를 내리고
땅은 하늘에 푸른 꿈을 올리는
오늘은 온 세상이
한물에 젖는 날

폭염^{暴炎}

너른 들판 넉넉한 볏 잎에 앉아
제 철 맞은 메뚜기 놈이
용수철 뒷다리 잔뜩 웅크리고
군침에 혀가 타는 개구리를 아느냐고.
그 놈이 정말 아느냐고.
통통한 메뚜기 아랫배만 바라보며
혀 내밀 때만 기다리는 풋 개구리 한 마리가
근질거리는 턱뼈 근처 비늘을 곤두세우고
저도 몰래 또아리 풀린 무자수를 아느냐고.
자나깨나 기름진 뒷다리 생각에
몸살 난 무자수 녀석
발톱까지 핏발 내린 칼날 같은 눈빛으로
날개바람 소리 죽인 소리개를 아느냐고.
있는 대로 입을 벌려 먹구름을 띄워놓고
지평선 닫을 날만 고대하는 서녘하늘을
네 놈들이 아느냐고.
한 치 코앞이 어두운
이 어리석은 조무라기들이
쓸데없이 뱉어내는 헛기침 때문에
짜증스런 한 여름 내내 땀만 흘렸네.

이 가을엔

이 가을엔
빈 의자 하나 남기기로 했다.

서 있는 사람들 다 차고앉은 의자들 곁에
늦게 온 나머지 세상
엉덩이 비집고 기대앉을만한
빈 의자 하나

잘 익은 알밤들이 요란하게 쏟아져 내린 계절 끝에
못생긴 모과 한 알 쉬었다 갈 빈자리

화사한 단풍잎이 떼 지어 훑고 지나간 골짜기마다
때늦은 갈잎 한 장 머물다 갈 빈자리

등받이가 없으면 어떠랴.
이끼 앉은 돌바닥이면 어떠랴.

이 가을엔
빈 의자 하나 남기기로 했다.

가을 산조^{散調}

산빛 곱게 물들었다.
지다 멈춘 노을이 곱다.
죽어서 눈을 뜨는
이 가을 풀씨를 따며
남은 빛 몇 가지도 꺾어 내린다.

닳고 해진 세상
흔들어대는 찬바람 소리
수렁 같은 가을 산 잡목 사이로
반짝이며 떨어지는
피 묻은 화살 하나
버릴 것 다 버린 뼈에 꽂힌다.

늦가을 들판에서

어둠이 내린 늦가을 들판
가로수 빈 가지를 떠나지 못하는
날개비 부러진 잎새 하나
바람이 불 때마다 그 울음 들린다.
젊은 날 팍팍한 자갈 길목에
외롭게 뿌리내린 활엽수 한 그루
오직 일어서야 한다는 뜨거움 하나로
허기진 춘곤과 메마른 폭염을
다 태우고 떠나는 지금은
가슴만 시린 늦가을 저녁
어쩌다가 나는 출구로 통하는
그 많은 길 다 이르지 못하고
헛바람 따라 헛발길질 하는
슬픈 허깨비로 떠돌고 있는가.
이 차가운 바람의 끝이
눈물 같은 봄이었으면 하지만
여기는 추억의 땅에서 함께 했던
그림자마저 아득히 사라져버린
쓸쓸한 들판
가을은 또 어느 하늘로
야윈 길목을 꺾고 있느냐.

늦가을 풍경 1

찬바람이 쓸고 간 꽃밭 구석에
꼬투리만 남은 봉선화 꽃줄기
어느 것이 빨간색이고
어느 것이 흰색인지
분간할 수 없어 망설이는데
참, 별 걱정을 다 한다며
꼬투리들이 토도독 터져 날아간다.
꽃 색깔 가지고 시비하지 말고
봄비 젖은 흙속에 묻어만 보라고
제가 알아서 피는 꽃을
당신이 알아서 어쩌겠냐며
담장가로 보도블록 틈새로
제자리 찾아 토도독 튀어나간다.
가을햇살이 빙긋빙긋
그늘 한 자락을 덮어주고 지나간다.

늦가을 풍경 2

아내가 풀밭에 다소곳이 앉아있다.
마른 풀잎 같은 앞섶을 여미고
제풀에 떨어지는 은행잎을
아름다운 꽃처럼 바라보고 있다.
풀밭 둘레에 서 있는 억새들이
빈 몸이 되어버린 허전함을 잊으려
부서진 날개를 비비댄다.
한나절 볕만으로 꽃을 피우고
맨땅 위에서도 씨방을 키워내던
풋내 나던 젊은 날
우리는 무엇을 다짐하고 약속했던가.
서툰 사랑의 몸짓들이
꿈이 되어 날아간 마른 풀밭에서
가을 햇살 물든 낙엽 같은 남편이
앙상한 대빗자루로
은행잎을 쓸고 있다.

가을의 끝

녹슨 벌판을 떠도는 가을바람은
어린 날 횟배 앓는 막내 누이
신음 소릴 낸다.
마른 하늘 타박타박 허기진 봄을 지나
낯선 도시에서 만난 낯선 여름
잉잉대는 자궁 속 녹슨 세포에
사십 줄의 옷깃이 젖는 줄도 모르고
그림자 없는 꿈을 파닥이더니
햇살은 세브란스 병원 뜰에 내려앉아
떠나는 사람 눈빛으로 곱게 불타고
마른 잎 속에 쏟아져 뒹구는
남은 밤톨 두 알의 흐느낌만 애처로운
짧은 가을날
타버린 땅과 하늘이
머나먼 흐름으로 한강을 떠나면서
가을은 소리 없이 울고 있었다.

생떼를 쓰다

낙엽이 바람을 물고 장난만 친다.
비질을 해대도 제자리만 자꾸 빙글거린다.
네 뜨락이니 너 먼저 쓸어내라며
한사코 바람 따라 장난만 친다.

콩밭에 터를 잡은 바랭이, 명아주 떼
뿌리는 뽑히지 않고
줄기만 자꾸 뜯겨져 나오는 잡초들이
네 터전이니 너 먼저 뽑아내라고
잘린 목을 돌이질치며 아우성이다.

소맷자락에 엉겨 붙은 하루치 노동을
툭툭 떨고 돌아오는 길
어둑어둑한 퇴근길에
떨어내지 못한 땅거미가 자욱하다.

저녁상을 물리고
일과를 가지런히 정리하는 시간
손닿는 곳마다 수북한 잡동사니 세간들이
오직 너를 정리하는 길이 남았을 뿐이라며
한밤 내 뒤척여 꿈속이 어수선하다.

도미솔 화음

등잔불과 고무신과
답답할 때 찾아가던 무당을 가르치다
무심코 바라본 창문 밖 풍경
회백색 인조대리석이 눈부신 청소년 수련원 아래
기왓장 골골이 이끼만 무성한 향교가 엎드려 있고
한길 건너
천년 동안 씻지 못한 마른버짐이
켜켜이 눌러 앉은 정림사지 오층 석탑
탑 뒤로 복원을 기다리는 정림사 빈 터와
읍민을 위한 공원용 주차장이
불만 없이 어울려 큰길로 이어진다.
시작종이 울리고 풍금 앞에 앉으면
정림사 풍경 소리
그 사이
강당을 울리는 천자문 소리
그 사이
자동차 급정거하는 브레이크 소리
사이사이 끊어진 마디를
부드럽게 이어가는 아름다운 화음
도 미 솔 도
솔 미 도

가을과 겨울사이 1

햇빛에 달달 볶인 나뭇잎들은
숨찬 강물소리를 낸다.
바람에게서 배운 버릇이다.
통통하게 살이 오른 상수리 알이
떨어질 자리를 눈치로 살핀다.
제 깐엔
바람이 되는 땅을 찾기 위해서다.
노을도 머리칼을 풀어 헤치고
바람 물결 속에 하루를 묻는다.
이제 모두 날개가 되는 일만 남았다.

가을과 겨울사이 2

찬바람 부는 가을까지 혼자만 부산했다.
온 몸이 녹초가 되도록
색 바랜 비닐 끈을 흔들어댔지만
지켜낸 건 아무 것도 없었다.
새들은 눈감고도 훤히 알았다.
다 잊혀진 이름까지 들추어내
상처를 쪼아대며 아프게 했다.
이 땅에 남겨줄 그 무엇 하나
지키지 못한 텅 빈 들판에 서서
바람이 되는 일은 바람으로 날아갔음을
비로소 알게 된 철없는 허수아비

가을과 겨울사이 3

가진 것 모두를 빼앗긴 느티나무 밑에
촌로들이 모였다.
뒷짐 지고 팔짱 끼고
사라진 그늘 밑을 초조하게 서성인다.
나를 가려줄 그늘이 아니라
내가 가려 주어야할 그늘이 되는 일을
상의하기 위해서다.
얼마 남지 않은 결별의 시간
지체할 수 없는 현실이다.
서글픔이 아닌 다급함이다.

가을과 겨울사이 4

빈 가지 뒤엉킨 가로수 길을
양어깨를 부축하며 노부부가 걸어간다.
나뭇가지 사이로 올려다 본 하늘에
빛바랜 낮달이 위태롭게 걸려있다.
초조한 젊은이들은
반코트 속에서 아예 한 몸이 되어버렸다.
가로수길 끝에 분기점이 있어서일까.
작별이 예감되는 불길한 계절
가을과 겨울 사이

가을과 겨울사이 5

가로수 빈 가지가 유리처럼 투명하다.
가진 것 다 떨어내고
홀로 되는 일에 익숙한 가을나무
자유가 무엇인지
자유가 왜 그리운 건지
너무나도 잘 아는 가을나무
봄날이 다시 와도
무엇이 되고 싶다 말하지 않으리라.
오늘 바람에 날려 보낸
함께 했던 하늘과 물소리만으로
보내고 남은 이 그리움만으로
눈보라 쯤 잊고 살 수 있으리.

겨울비

겨울을 밝힐 촛불도 끄고
온 하루 팔 베고 누워 나 괴로웠네.
또 한 번 지나온 계절
그 섬광 속에 남아
흔들리는 너의 손목
창문에 목 메이는 빗소리가
너의 음성같이 아득하여
끝내 창문을 열지 못했네.
떠나는 발길을 막아 설 수 없어서
서럽던 지난 날
이제 돌아와
가슴 맞대고 울먹인다 해도
여기는 촛불이 꺼진
깜깜한 겨울 한 복판
찬바람 회오리치는 가슴 언저리로
오늘 회한 같은 비만 내려서
나 못내 괴로웠네.

제5부

눈 내리는 낙화암

냄새

아무래도 냄새가 다르다.
흙냄새 풀 냄새는 그렇다 치더라도
버지니아주 쉐라튼 호텔
비좁은 엘레베이터 안에 고인
머리가 어지러운 비릿한 살내음
태평양을 건너온
김치 냄새 풋마늘 냄새가
어찌 그들에게 향기일 수 있으랴만.

아무래도 냄새가 다르다.
바람 냄새 물 냄새는 그렇다 치더라도
우주 항공관 캡슐 주변에 몰려있던
헛구역질 나는 비릿한 살내음
숨결마다 쏟아져 나왔을
구수한 된장국 냄새가
어찌 그들에게 달콤할 수 있으랴만.

오일장 풍경

오일장 한 구석에
반쯤은 눈이 감긴 할머니가 앉아 있다.
시끌벅적한 구석에서도
지나가는 발자국 소리만 듣고
손님을 알아맞히는 할머니가 앉아있다.

꽃잎 같은 새댁일 때
몸져누운 시아버지 두 다리를 사려고
냉이, 고사리, 머위, 취나물
푸른 산과 들을 깨워 봄날을 팔고

한 세월 흐른 후론
술 바람 든 다 큰 남편 취한 밤을 사려고
파전, 녹두전, 호떡, 빈대떡
온밤을 밝혀 기나긴 하루를 팔고

짐 벗을 늘그막엔
제 세상 다 물 말아먹은 외동자식
타버린 애간장을 사려고
떡볶이, 어묵꼬치, 소주, 막걸리
가마솥에 끓어 넘친 한숨을 팔고

흘러간 노래 한 곡조씩 덤으로 얹어주며
한 세상 다 팔고도
사야할 내일이 아직 남아 있는
가는 귀 먹은 할머니가 앉아있다.

뉴욕거

흑백이 엇갈리고
황색 갈색이 뒤섞인 뉴욕의 거리
아이비 정원에 휴지가 날리고
낮은 벽마다 총잡이들의 낙서가 요란하다.

자동차 핸들에 쇠막대를 걸어놓고
자전거 바퀴까지 쇠사슬로 친친 동여맨,
이웃집 잔디밭을 예약 없이 밟는 것도 반칙이라는
너와 내가 있을 뿐 우리가 없는 뉴욕

마약과 술독에 빠져
걸핏하면 권총을 쏘아붙이는
이들이 바로 세계 제일의 도시민
뉴욕거라는데

담배꽁초를 버리려고 휴지통을 찾는 나에게
가이드 써니 최의 충고 한 마디
바닥에 놓고 비벼버리세요.
그것이 바로 세계 제일의 도시민
뉴욕거가 되는 겁니다.

갓개장터

한여름 갓개장터 달달 볶아대는 폭염이
좁은 골목 여기저기 남루하게 엎드려 있다.
은갈치, 황조기, 뽀얀 육젓새우
군산항 새벽 비린내 다 싣고 와
갈매기도 함께 넘실거리던 갓개 포구
물오른 금강 하구 힘줄 돋은 삿대질로
때맞추어 걷어 올린 재첩 한 바작 부려놓고
팔딱거리는 복국에 우여회 한 접시로
막걸리 한 잔 '꺼억' 기울였는데,
하구둑이 막히고 갈 곳 없는 강물이 역류하면서
한 집 건너 잡초더미 무성한 쓸쓸한 갓개 장터
솔기 떨어진 천막 아래 몸집 작은 촌로 서넛이
설익은 수박 한쪽으로 소주잔을 돌린다.
「그 눔의 하구둑 탓이젱.」
「다 끝난 야길 또 뭐 혀.」
「이 더위에 다들 어디 갔남.」
「즈그들 다 떠나도 난 갈 곳 읍　께.」
줄거리 없는 넋두리 빈 술잔 가득 넘쳐흐르는
폭염 속 갓개 장터

* 갓개장터 – 부여군 양화면, 하구둑이 막히기 전 유명한 5일장

갓개포구에 와서

아득한 날로 기억되는
생명의 숨소리
속리산 추풍령 협곡을 지나
꿈이 부서진 한 천년 왕조
그 후예들이 살고 있는 고을에 이르러
다시 만나는 금강 하구

햇살 부서지는 잔물결 위로
자맥질하는 가창오리 떼와
유람선 두어 척 졸고 있는 강둑을 지나
용인산 기슭으로 이어진 마을

떠날 사람 다 떠나버린 풀죽은 장터 구석에
혓바닥이 얼얼한 우여회 한 접시로
이름만 남은 갓개 포구

찾는 이 없는 쓸쓸한 포구에 앉아
만선의 돛 펄럭이며 돌아올
아득한 전설 소중히 간직하고
푸르른 그 옛 하루 봄날을 꿈꾼다.

금강을 건너며

강이 있는 마을로 달리는
자전거 바큇살에는
아이들 웃음소리가 숨어 있다.
예나 변함없이 아름다운 이름
금강을 건너며
이어진 길마다 새 삶이 있고
만나는 새 얼굴마다
소중한 꿈이 있음에 감사한다.
백젯적 아픈 숨소리
푸른 물결로 반짝이는
금강을 건너며
지나온 길에서 잃어버린
그리운 이름들 다시 부르리라.
바쁜 그 날 놓쳐버린
따뜻한 손목들 다시 잡으리라.
한 무리 기러기 떼가
간절한 소망의 날갯짓으로
힘차게 강물을 차고 오른다.

고향산

보이지 않는 산은 아름답다.
꿈속에서 만나는 산은 더 아름답다.
노란 햇살이 그리움으로 일렁이던
기억 저편 아득한 날
어린아이가 혼자 바라보던
산 너머 산

솔바람 솔향기가 코끝을 스치는
마을 앞 언덕을 지나
물안개 헤치고 얼굴을 내미는 노적봉과
한낮이 되어서야 일어서는 계룡산까지
툇마루에 앉아 바라보던
어린아이의 산은
하루가 다르게 키가 자랐다.

가마득히 먼 저 산에 오르면
보고 싶은 사람 모두
만날 수 있으리라.
그리움이 가물대는 저 언덕에 오르면
듣고 싶던 노래 맘껏
들을 수 있으리라.

몇 날을 굶어도 배고프지 않고
병들어도 아프지 않는
따뜻한 하늘 아래
가슴을 활짝 펴고 일어설 수 있으리라.

비좁은 시간을 비집고
쏟아져 나온 사람들 속에
구레나룻 거뭇거뭇한 산 하나가 보인다.
만나고 싶은 사람 만나지 못하고
부르고 싶던 노래 가사를 잊었어도
허전한 가슴 속에
푸르른 웃음으로 계절을 가꾸는
산 너머 산 하나
아름다운 충청도
내 고향 산

그 아이의 손

흙먼지 날리며 방비엥 가는 길
노을이 내려앉은 몽족 마을 어귀에
갈 까마귀 눈동자들이
떼 지어 모여 있다.
누군가 앞서 다녀갔는지
때 절은 주먹 안에
사탕막대 하나씩이
단내를 풍기며 들려있다.

마주치는 눈동자 속에
그득 고인 침방울을 꿀꺽 삼키면서도
나머지 한 손을 아이들은
끝내 내밀지 않았다.

내 나이 미운 일곱 살 때였던가.
검정 고무신짝 벗어던지고
지에무시 꽁무니를 뒤 빠지게 따라가며
헬로 기부 미,
기부 미 초콜릿을 외쳐대던
부끄러운 나의 손을 바라보았다.
라오스 여행을 마치고 돌아온 후

하늘이 발그레 물드는 노을 녘이면
방비엥 가는 길
흙먼지 속에 남아있는
그 아이 한 손과
지에무시 백미러에 나부끼던
일곱 살 적 나의 손이
서툰 동작으로 마주쳐 부서지며
허기 같은 어둠 속으로 가라앉곤 했다.

요산 리프트 위에서

내 오늘 그대를 뜨겁게 포옹한다 해서
행여 부적절하다 나무라지 마라.

계림 산천에 이슬비는 내리는데
아스라이 높은 리프트에 매달려
한 몸 한 마음으로 구조를 기다리던
애가 타는 여섯 시간 동안
내 가슴 속에 그대 있었고
그대 눈빛 속에 내 생명 있었나니,

요산 중턱 허공에 기약 없이 멈추어 서서
함께 했던 어제를 뒤돌아보고
다시 마주할 내일을 기약하며
우린 마침내 하나가 되었나니,

내 오늘 그대를 뜨겁게 사랑한다 해서
이생의 허물이라 탓하지 마라.

사랑한다. 사랑한다.
사랑한다.

한배에 올라 한 꿈을 꾸었던
동반의 벗이여.

* 중국 계림 관광 중 고장 난 요산 리프트에 매달려 고생하다 특수부
대 출동으로 구조되던 날

구드래

한 번 떠나고 돌아오지 않는
쓸쓸한 나루터
전설 속의 구들돌은 아직도 따뜻하다.

황포돛배 선두를 장식한 백제 영기^{令旗}가
물새 우는 유행가 가락에 맞춰
노을빛으로 나부끼는
구드래 선착장

북소리 꺼진 새벽길
물안개를 헤치며
소리죽여 떠나간 그리운 옛님이여.

바다 건너 아득한 땅
언젠가는 돌아가야 할
크나큰 은덕의 나라
구곡간장 저며 내는 백제의 꿈이여.

눈물 젖어 떠난 그날의 구다라선은
다시 돌이올 줄 모르는데
한 천년 세월을 거슬러
누가 또 아픈 이별을 노래하고 있는가?

무제

궁남지 둘레에 만발한 연꽃아.
취한 향기 함부로 흩뿌리지 마라.
진흙탕 속에서 너를 건져 올린 건
순전히 그분의 힘이시다.
그 향기 약으로 쓸 소중한 이가 있어
그분이 너를 부른 것이다.

첫울음으로 세상을 깨운 착한 아가야.
갈 길이 험하다고
아무데나 털썩 주저앉지 마라.
전생의 불가마 속에서 너를 건져 올린 건
순전히 그분의 꿈이시다.
네 울음 빛으로 쓸 소중한 이가 있어
그분이 너를 부른 것이다.

유왕제^{留王祭}

강물이여, 멈추어라.
포구 가까이 닻을 내려라.
바람에 꺾인 깃발들이
푸른 갈기를 휘날리며 울부짖는다.

강물에 떨어진 삼천 꽃잎은
핏빛 촛불이 되어 물결 위에 타오르고
함성 뒤섞인 흐느낌 소리만
허망한 가슴을 후벼댄다.

누구의 잘못이더냐.
누구의 죄업이더냐.

바람이여, 멈추어라.
밧줄을 당겨 뭍에 걸어라.
우리가 죽어도
님을 그리 보낼 수 없나니.
성난 파도는 뱃전에 달려와
통곡하며 부서진다.
소망이 타버린 불꽃들이 꺼지고
북소리도 목이 쉰 쓸쓸한 유왕산

도도히 흐르는 강물에 이끌려
아득히 사라진 백제의 유혼

'이별 별자네 서러마소.
만날 봉자 또 다시 있네.'

돌아올 그날 기다리며 한해를 보낸다.

※ 유왕제(留王祭) : 1300여 년 전 백제 패망 후 당나라로 끌려간 의
   자왕과 포로들을 기리는 추모제 (충남 부여군 양화면 암수리 유왕
   산에서 해마다 열림)

눈 내리는 낙화암

휘파람 꼬리 달린 눈송이들이
불화살처럼 날아와 솔숲에 꽂힌다.
얼어붙은 금강을 가로질러
겹겹이 달려드는 수천수만의 눈꽃송이들
날아오는 화살을 가로막고 선
마른 갈참나무 이파리들이
찢어진 북소리로 곤두박질친다.
너는 누구인가.
한 천년 시간을 더듬어
그날의 아픔들을 다 잊어버린 채
오늘 이 눈발 속을 헤매고 있는 이
그대는 누구인가.
먼저 간 이들의 혼백을 애타게 부르며
낙화암 기슭에 부서져 내리는
수천수만의 눈발 속에서
그대 가슴을 두드리는 통곡소릴 들었는가.
핏물 고인 뜨거운 발자국들을 보았는가.
죽음을 각오한 해묵은 소나무들이
어둠속으로 허물어지는 절벽을 부둥켜안고
휘파람 눈발 따라 점점이 사라져간다.

열차를 기다리며

기다림에 지친 간이역은
아예 정물이 되어버렸다.
왔던 길만큼 되짚어 떠날
한 무리 나팔꽃이
느릿느릿 쇠창살을 거머쥐고
꽃 한 송이 피웠단 소리 없이 지우고
지웠다간 다시 꽃봉오릴 올리며
떠난 열차를 기다리는 간이역
흔들리는 손수건이 작아질수록
철길은 아지랑이 속으로 자취를 감추고
뻐끔뻐끔 보라색 연기를 피워 올리는
기다림에 익숙한 나팔꽃처럼
왔던 길 되돌아가기 위해
잃어버린 시간 속을 서성이는 사람들
평행선도 아득히 멀어져
한 점으로 사라져버린
쓸쓸한 간이역

세상 빼앗기

밀물 드는 갯바위
물밑이 훤히 바라보이는 숨은 여 사이로
장난삼아 낚시를 던진다.
일렁이는 물속에 잠겨
한층 푸르른 나무들과
장난 끼 섞인 꼬마들 사이를
미끄러지듯 노닐던 놀래기 녀석
저도 장난삼아 덥석 갯지렁이를 집어삼킨다.
눈 깜짝할 사이 훌쩍 아가미가 열리고
저녁 햇살 밖으로 알몸을 내던진
철없는 놀래기 녀석
장난삼아 물에 뛰어든 훈이란 놈이
뭍에 올라 뱉어내던 죽음의 물만큼이나
아픈 햇살로 반짝이던 그 날의 낚시 바늘
밀물이 차오르는 갯바위에서
해가 지고 어둠이 내릴 때까지
퐁당, 파드득,
파드득, 퐁당
철없는 아이들의 무서운 장난
세상 빼앗기 흥겨운 놀이로
하루해가 저문다.

낚시꾼의 하루

솔잎 향기 산바람 따라
은빛 비늘 강바람 따라
출렁이는 기대로 떠나는 오솔길

그 깊이 알 수 없는 아득한 세상
설레는 마음 담뿍 실어
꿈을 향해 던지는 우리네 소망

잊은 듯 오랜 기다림 끝에
파드득, 파드득
햇살 속에 살아나는
은빛 비늘 하나

두 손 가득, 가슴 가득
채울수록 허기가 도는
세상에 살아도

어망에 출렁이는 파도만으로,
빈 망을 물들이는 노을만으로,
배가 부르고 가슴이 벅찬
낚시꾼의 하루

작은 소망

〈1〉
우리 마음 변치 않는다면
수선화 꽃망울 터뜨릴 때쯤
다 하지 못한 말 마저 할 수 있으리.

우리 약속 잊지 않는다면
뻐꾸기 첫울음 터뜨릴 때쯤
이루지 못한 사랑 마저 할 수 있으리.

멀리 떠나 아득히 사라져도
그리움으로 남아있는 보고픈 그대 모습
노란 송화가루 흩날릴 때쯤
가슴을 활짝 열고 다시 볼 수 있으리.

〈2〉
손 뻗어 닿는 곳에 그대 있다면
물결처럼 전해오는 체온이 있어
손닿는 세상이 따뜻하다.
저만큼 보이는 곳에 그대 있다면
하늘과 산과 나무를 배경으로
저만큼만 보여서 더욱 아름답다.

보이지 않는 그곳에 그대 있다면
평온한 얼굴에 번지는 잔잔한 미소까지
꿈속에서도 그릴 수 있어 더더욱 아름답다.

그 어디에 있어도 그 모습 그대로
아름다운 그대
나도 그대의 그런 그대가 되고 싶다.

가까이 있으면 가슴이 따뜻하고
멀리 있으면 멀리 있어서 그리운
그대의 그런 그대가 되고 싶다.

제6부

물·잠언

뿌리론

흔들리는 것은 뿌리가 있다.
갈대가 생각에 잠기는 것은,
술에 취한 젊은이가
늦은 밤 골목을 비척거리는 것은,
제 딴엔 뽑히지 않는
뿌리가 있기 때문이다.

누군가 그랬다.
죽음도 건너뛰는 이 시대에
바람 따라 흐르는 구름이면 됐지.
흘러가다 터지는 풍선이면 됐지.
그깟 뿌리가 웬 소용이냐고,

하지만 어쩌겠는가.
만주벌판에서 벋어 내린
그대의 실핏줄
수수천년 흔들리다 부러지고
흔들리다 쓰러진 줄기
이봄에 다시 움이 터서
생각에 잠겨
바람에 흔들리는 갈대를

삽목법

아무데나 잘라서 꽂는다고
쉽게 뿌리가 내리는 건 아니다.
목마른 기다림의 자리
가슴이 타는 그리움의 마디를 찾아
아프게 면도날을 대는 일이다.

아무 때나 잘라서 꽂는다고
잃어버린 사랑이 돌아오는 건 아니다.
잊혀진 가락이 눈물에 젖고
만삭의 밤바다에 달이 뜨는 날
산통을 풀어내듯
맨땅에 맨몸을 묻는 일이다.

잘라낸 살 한 덩이
아무 땅에나 꽂는다고
새로운 사랑이 싹트는 건 아니다.
황토처럼 정화된 불길 속에서만
마침내 칼루스는 가슴을 내보이며
사랑다운 새 뿌리를 내는 법이다.

한밤중이면

한밤중이면
하늘은 제 몸을 땅위에 내려놓고
어둠에 잠긴다.
눅눅한 숲을 팔베개 하고 누워
하루해가 남긴 발자국을 지우며
오늘은 어떤 하늘이었는지
생각에 잠긴다.
지나온 길목에서 빈 벽을 치며 울게 했던
얼굴들이 떠오르고
깊은 밤 잠 못 이루는 아픔을 응시하며
다 알면서도 내색 한 번 할 수 없어
가슴만 미어지는 하늘
서산에 걸린 푸른 달빛이
어머니 같은 뜨거운 손으로
잠든 숲을 다독다독 쓰다듬다 떠나고
꾸벅꾸벅 졸면서 읽어가는
전하지 못한 별빛 편지들이
수북이 쌓이는 한밤중이면
다시 푸르게 태어나고 싶은 하늘이
하루치 그림자를 다 지우느라
우리 사는 숲속 어둠이 더욱 깊다.

신작로

외곽도로가 뚫리면서 신작로는 다시 길이 되었다.
젊은이들은 믿지 않았다.
삼십분이 단축된 외곽도로가
그들을 한층 더 숨 가쁘게 했을 뿐,
맨땅이 그립던 사람들만
되살아난 신작로에 모여들었다.
단단히 엉겨 붙은 뗏장을 떠내듯이
굳은 삼십년을 찬찬히 벗겨내면서
맨땅위에 맨발을 들여놓았다.
세상에서 가장 부드럽고 시원한 흙속으로
눈물 같은 훈김이 스며들고
밟혀 으깨져도 끄떡없던
쇠뜨기, 질경이, 지장풀, 토끼풀
어둠에 갇혀 납작해진 뿌리들이
굳어진 사지를 주무르며
숨통을 열고 긴 하품을 토해냈다.
떠났던 풀벌레들이 제집을 찾아들고
오늘 밤엔 이슬도 다시 내려와
아침마다 찾아오는 그리운 이들
발목을 흠뻑 적셔주겠지.

거대한 흐름을 끌고 사라진 외곽도로는
그립고 그리웠던 신작로를
다시 사람의 길로 돌려주었다.

찌를 바라보며

앞산 허리가 물에 잠겼다.
산기슭 하늘자락이 곁에 누웠다.
깊은 숲속에 섬 하나 띄운다.
그곳에 가을 한낮을 멈추어 세운다.
바람이 섬 기슭에 날개를 접는다.
시계소리가 살금살금 발자국을 지운다.
구름 흐르는 소리가 고르게 투명하다.
실잠자리 한 마리 옴짝달싹 못한다.
얼마나 깊은 침묵이었는지.
얼마나 오랜 기다림이었는지.
얼마나 간절한 바램이었는지.
파란 하늘이 구름을 슬쩍 밀어낸다.
졸던 산이 깜빡 고개를 끄덕인다.
붉은 섬 꼭지가 꼿꼿이 일어선다.
깜짝 놀라 눈을 뜨니
가을해는 더 깊은 물속을 자맥질하고
온 몸이 흠뻑 젖은 앞산은
물풀 한 아름과 낮잠에 빠져있다.
눈부신 햇덩이처럼 거침없이 솟아오를
찌를 바라보며 기다리는 것만으로 충만한 하루
낯익은 섬 하나 그 자리에 떠있다.
꿈은 꿈인 채 깨어나지 않았다.

귀토^{歸土}요

귀토요.
무명 밧줄이 내려가고
하늘 덮은 붉은 비단 한 폭
그 위로 쏟아지는 노을빛 황토 한 줌
한숨 같은 흐느낌으로 목관을 두드리는
떨리는 마찰음
그 소리 너무 크다.
귀토요.

하늘에 진 빚은
불빛에 닦여 하늘로 오르고
땅에서 얻은 한 줌의 흙덩이
무딘 삽날에 실려
어머니 품으로 떨어지는
아득한 마찰음
그 울림 너무 크다.
귀토요.

숯

누가 너처럼
불길 속에서 건져낸 알몸 그대로
아낌없는 순결을 바칠 수 있으랴.

서릿발 녹이던 봄볕
때 없이 쏟아지던 소낙비
미련 없이 진흙 가마에 던져 넣고

욕망이 뒤엉킨 철없던 젊은 날
무성하게 뻗어 내린 상념의 뿌리들을
말끔히 연기로 날려 보내고

소중한 꿈만 알알이 챙겨
가마를 빠져나온 맑은 숨소리
세상의 상처를 말끔히 닦아내는
소금 같은 순수여

누가 너처럼
그 일생 한줌 재티로 날아갈 때까지
제 육신 모두 허물어
따뜻한 세상을 익혀낼 수 있으랴.

새벽의 향기

눈을 감으면 가슴으로 울리리라.
연잎이 내뿜는 생명의 숨소리
순결한 여인의 비릿한 살 냄새

한밤 내 운행을 마친 작은 별들이
제자리를 찾아 돌아갈 무렵
아득히 잊고 살아온 한 여인이
홍련꽃봉오리로 피어오른다.

누가 오늘을 가약(佳約)했으랴.
다하지 못한 그날의 인연
누가 저토록 고운 사랑으로
이름 불렀으랴.

생명의 숨소리 가득한
궁남지 오솔길마다
물안개 따라 흘러넘치는 사랑의 향기로
그리운 여인의 비릿한 살 냄새로
눈부신 계절의 새벽을 연다.

물 · 잠언箴言 1

땡볕 자갈밭에 피라미가 오르다니
그럴 수만 있다면
당신의 비법은 참으로 신기하다.

물 한 방울 내리지 않고
번쩍이는 비늘을 입맛 다시는
높고 높은 당신을
나는 받들어 모시지 못한다.

어느 날 사람의 뜻을 알아
북덕물이 펑펑 자갈밭을 채우면
그물마다 낚시마다
허리를 휘는 생각 밖의 풍어

그런 날을 위해
낮은 갯벌에 가진 손을 활짝
펴 보일 일이다.
메마른 풀밭에
뜨거운 가슴 뿌릴 일이다.

물·잠언^{箴言} 2

막을 수 있을 만큼만
막을 일이다.

흐르는 길은 물이 알고
넉넉한 가슴을 지닌 강은
범람하지 않느니.

다 막지 못한 봇물이
거리로 쏟아져
돌이 되고 구호가 되어
나부끼는 깃발을 보라.

바람은 때가 되면 잠들 줄 알고
허리를 굽히는 대나무는
폭풍의 길고 긴 밤을 견디나니.

부러지지 않을 만큼만
흔들 일이다.

물·잠언^{箴言} 3

물은 제 얼굴을 더럽히지 않는다.
수도꼭지를 트는 아내의 근심이
태산 같은 날
무엇이 썩고 있는지
코가 상한 하수구에 나가 보아라.

부질없는 우리들 삶의 껍데기
밤 새워 탑을 쌓다가 이빨 빠진
시한 만료의 톱니들이 떠 있다.

다음 날 아침
물은 영롱한 이슬로 내려와
모르는 척 풀잎을 씻어내고
부족한 우리의 잠을 닦아낸다.

웅덩이나 봇물이 의심나거든
고인 물을 품어 깨끗이 말려
현미경으로 찬찬히 확인해 보라.
썩는 것은 우리들 얼굴뿐이다.

물 · 잠언^{箴言} 4

물은 높이를 용납하지 않는다.
우리가 살벌한 벼랑에 매달려
산을 오를 때
물은 낮고 더 낮은 곳
빈 그릇 빈 바닥을 찾아 헤맨다.

봄엔 메마른 풀줄기로 솟구치다가
늦가을 땅 위에 모두를 쏟아내는
저 물의 평등성

긴긴날 하늘을 떠돌던 구름이
허공을 가로질러 산등성이를 넘고
비탈길을 타고 흘러
빈들을 채운다.

한 치의 높이도 용납하지 않는 물이
뻣뻣한 목과 꺼진 어깨를
공평하게 쓸어 덮는다.

그 아득한 날

찾고 싶은 것 없고
내 가난하여 잃은 것 없는 날
정결하게 씻은 손안에 순순한 산꽃
안으로 반짝이는 물결이 있을 뿐
알기 힘든 이웃 얼굴이 그립지 않고
뒤로 내린 긴 욕망의 그림자
더는 내게 없으니
눈뜨는 곳이 당신의 나라
햇살에 묻혀오는 당신 말씀
은혜로는 돌아설 길이 없다.
산새 떼 산 빛에 젖고
솔바람 솔밭을 가고 있을 뿐
결별을 위하여 애닲지 않고
내 가는 낯선 길
정다이 맞아 줄 그리운 이 없으니
당신밖에 더는 내게 없는 날
가슴 훈훈한 음성에 젖어
끝 모르게 이어진 갈밭에 이른다.

말씀

조간을 펼쳐드니
말씀들이 우수수 쏟아진다.
빈 종이를 받쳐 들고
쏟아진 말씀들에 불을 붙이니
날개 달린 말씀들은 연기로 날아가고
발목 잘린 말씀들만 재가 되어
재떨이에 수북하다.
할 얘기를 다 빼앗긴 파란 입술 하나가
굳게 닫힌 문 앞에서 발을 동동 구르는데
끝내 말씀으로 살아남고 싶은 말씀들은
마스크를 뒤집어쓰고
썩지 않는 폐비닐로 거리를 휩쓸고
장난질 좋아하는 말씀들만
시시덕대며 자리를 바꾸어 앉거나
때 아닌 자리다툼 삿대질로
눈을 찌르고
귀를 후비는
그냥 말씀일 뿐인 말씀들 때문에
아침 대문간이 매일 소란하다.

그런 날

한낮에 화장을 지워야하는
여인이 있다.
때늦은 무서리에 꽃잎을 닫고
한해를 마무리하는 백목련처럼
정상을 앞에 두고
무릎을 꿇는 사내도 있다.

평생을 별러 오르던 산행
때 아닌 폭설에 항로를 잃고
만년설에 갇혀버린 푸른 꿈처럼

그런 날
젊은이들은 잠시 일손을 놓고
소주잔을 기울이다가
돌아서서 다시 삽질을 시작하고

그런 날
노인들은 유모차에 몸을 기대고
떨리는 두 손을 비비다가
아무 말 없이 제각기 집으로 돌아간다.

씻은 듯 다 잊은 쾌청한 아침
립스틱 짙게 바른 여인들이
함박웃음으로 거리를 휩쓸고
배낭을 짊어진 젊은 사내들이
스틱으로 푸른 하늘을 쿡쿡 찔러대며
산행에 오른다.

산과 나무들의 그림자를 지우며
아무 내색 없이 밝아오는 하루
우리 사는 세상
또 다른 그런 날

고향 · 꿈

밤, 달빛
끓는 머리 위에 놓인 손
불러도 불러도
아득한 얼굴
어머니

삭은 울타리 타고 넘는
눅눅한 기침소리
둑길 따라 사라진
자욱한 망초

보리가 탄다.
밀밭이 탄다.
눈물 섞어 삼킨
아카시아 꽃
한 움큼

닫힌 창문 하얗게 두드리다
자취 없이 사라진
텅 빈 겨울
깨고 나도 꿈속인
고향, 꿈

일상

안에서나 밖에서나 할 일이 너무 많다.
두 바퀴로 네 바퀴로 그것도 모자라 프로펠러로
사는 것이 일 하나씩 마치는 것이지만
마치고 보면 쓸모없는 것이 우리 일이지만
사방에 시계는 걸려있고
먹지 않으면 썩어 버릴 음식들이 쌓여 있다.
할 일 다 하고 가는 사람
그 누군가.

원고지 앞에 엎드리면 할 말이 너무 많다.
보고 듣고 웃다가 아깝고 분하고 억울한 일들
사는 것이 말 한마디씩 주고받는 일이지만
뱉고 보면 뜻도 없는 바람 소리지만
만나는 사람마다 입이 있고
말이 없으면 금방 입이 될
귀들이 살아 있다.
할 말 다 하고 사는 사람
그 누군가.

제7부

돌

토선생 귀하

선생도 눈치 채셨겠지요.
입바른 잔꾀가 파놓은 얕은 구멍 속을
쉬쉬거리며 기웃거리는 저 싸늘한 눈빛들
간을 빼버린 선생식대로 헛기침하며 퇴장하고 싶겠지만
용왕의 병은 너무 중하고 거리를 떠도는 무성한 풍문을
뒤집기엔 이미 때가 늦었음을
선생도 낌새 채셨겠지요.
한 때는 선생의 역설이 물풀을 흔들고
번득이는 칼날 아래 바다 바람을 잠재웠겠지만
지금은 다만 선생의 짧은 꼬리가
쥐도 새도 모르게 밟혀 있을 뿐.
머지않아 등줄기를 타고 올라
머리채를 후리는 풀빛 바람 앞에
마침내 선지 뚝뚝 흐르는 뜨거운 간을
머리 조아려 바쳐야 하리란 걸
선생도 일찍이 아셨겠지요.
선생 편에서 돌아가는 지구는
누구에게나 똑같이 돈다는 것을
손바닥 보듯 훤한 분이시니.

우물 안에 돌아와

이젠 어둠이 와도 걱정되지 않으이
밖에서 얻은 상처가 아직 다 아물진 않았지만
동그랗게 쏟아진 햇살 사이로
소란 떠는 올챙이 떼를 바라보노라면
지끈거리는 아픔쯤 잊을 수 있다네

지난 여름 물때 좋은 바람 따라 우물을 떠난 후
하루살이 막노동판에서 옷을 더럽히며
오그라진 풍선 같은 가슴을 움켜쥐고
거리를 떠돌았네.
그땐 정말 어둠이 두려웠네.

자네가 꿈꾸는 바깥세상 불빛은
어릴 적 헛배를 채워주던 달빛처럼 포근하지 않았네.
돌아오는 길목에 찬바람만 몰고 와
얼어붙은 천막촌을 흔들어댈 뿐이었지.

이젠 밤이 와도 걱정되지 않으이
물풀 지붕 아래 뒤엉켜 잠든
올챙이들을 바라보노라면

어둠 속에 던져준 꽃다운 젊은 날쯤
가슴에 그냥 묻어두고 살겠네.

돌

누가 돌에게 오른 팔을 주었는가.
바람에 뜬 새를 향해 비수가 날아간다.
그대가 키운 은밀한 바람이
공공연히 풀잎을 꺾고 있을 때
묵묵히 갈망을 쌓아가던 탑이 무너지고
눈물이 굳은 빗돌들이 일어선다.
그것은 살이 되어,
번득이는 날이 되어,
터질듯 부푼 그대 숨은 풍선의 가슴을 향해
직선으로 날아간다.
때론 바람 먹은 혀들이 되돌아와
문맥을 비틀고 타협의 헛바퀴를 노래하지만
죽은 풀잎의, 그 단단한 분노의 무게를
막아낼 방패는 세상에 없다.
가벼이 바람에 떠 흐르는 높고 높은 그대여.
그대가 완강한 발톱을 세워
꺾인 풀잎을 쓸어내고 있을 때
뒤축 낮은 신발이 잠든 댓돌이거나
다 부서진 뼈가 누운 구들짝
아픔이 버려진 곳곳에

핏대 선 오른 팔이 살아있는
이 땅의 돌들은 건재하다.

쉼표

쉼표를 찍으며 우리는 간다.
빙판 길 리어카에 발목 부러진 김씨네
널뛰던 사글세는 밀리고 밀려
젊은 아낙 동산만한 배만 불리고,

별거 삼 년 철없는 부부
수렁 같은 배신으로
단단히 눌러 찍은 마침표 밑에
눈물처럼 대롱거리는 석이 녀석은
아무리 보아도 마침표가 아니다.

숱한 시간을 더하거나 빼내도
완전한 매듭은 만져지지 않는다.

짙푸른 유월 팔부 능선을 뚫고 지나간
녹슨 철사 줄 아래
텅 빈 총구로 바라보는 북녘 하늘엔
아직도 눈 못 감는 노모의 한숨만
더욱 붉게 물들고
경무대 입구나 무등산 기슭에서
사월과 오월 사이 찢어진 깃폭을 흔든다

우뚝우뚝 멈추어 선 빗돌들은
영원한 아픔 그 미명의 쉼표들이다.

날마다 만나는 얼굴에서
신용을 잃어버린 빈 카드는
끝끝내 빈 카드로 돌아와
새벽 없는 차디찬 밤하늘을 끌어안고
시멘트 바닥에 잠이 들고

소주 한잔으로 허기를 채운 쓸쓸한 퇴근길
오갈 데 없는 바람에 날려
어두운 밤길을 점액질로 비틀대는
지친 접속사들
또, 그리고, 그래서, 그러나,

아직은 아무 것도 끝나지 않았다.

넋두리

조명이 잠시 흐려졌다고
때 아닌 눈발로 길이 묻혔다고
갑자기 그대 말투가 왜 그리 삭막한가요.
세상이 발칵 뒤집혀 햇볕 구경 한 번 못하던
쥐구멍 시절
그대는 나의 뚝심을 붙잡고
나는 그대의 미래를 도금하며
하나 같이 내일과 어제를
열고 닫지 않았던가요.
잔업을 마친 늦은 밤까지
대폿집에 눌러 앉아
부족한 자재와 분가한 솔봉이네를
함께 걱정하지 않았던가요.
한 떼의 바람 앞에
불을 끄고 떠나는 이웃들이 안타까운
이런 날일수록
손재주를 아껴주고 말솜씨를 칭찬하며
빈 허리 따뜻이 감싸야 할 그대가
아무도 몰래 뒷문을 열어놓고
메마른 갈대꽃을 한꺼번에 자르다니,

그러고도 그대가
아득한 날 우리의 열쇠일 수 있나요.

겨울 까치

콜록콜록
야윈 까치가 기침을 해댄다.
아침에 울면 반가운 소식이 온다는 까치

영원히 잠들고 싶은 세상 끝에
고단한 여장을 풀고
한 줌 흙덩이로 날개 오그린
고향 떠난 산까치들

깃털처럼 상냥한 아내의 배웅을 받으며
집을 나서는 모습을 잊을 수 없어,

햇살을 가르며 골목으로 이어지는
그림 같은 차량 행렬을 잊을 수 없어,

일터에서 만난 김 반장의
기름내 밴 향긋한 농담을 잊을 수 없어,

베어링 돌아가는 먼 기적 같은
기계음마저 잊을 수 없어,
하루의 잔업을 마치고

튀김 닭 한 마리,
아니, 붕어빵 한 봉지
깃털 다듬은 아내의 치마폭에 쏟아놓고 싶어

손바닥만한 전세방에
이 세상 모두 함께 와서 눕던
그 아득한 시간들을 다시 만나고 싶어

서둘러 떠나버린
머나먼 타인들의 뒷모습 때문일까.
어느새 차디찬 시멘트 바닥으로 흘러내려
금세 식어버린 뜨거운 눈물 한 방울
콜록콜록
갈 곳 없는 까치가 기침을 해댄다.

당신의 시

할 말을 잊은 병실에 앉아 당신에게 묻습니다.
죽어가는 누이 머리맡에 놓고 간
고갈 쓴 주문 같은 당신의 시는
기도인가요. 구원인가요.
쏟아지는 가루 먼지가 밤낮없이 가라앉아
마른 기침으로 시들어가는 누이에게
거리로 나가라. 나가 싸워라.
등 떠밀며 부추기는 당신의 시는
깃발인가요. 구호인가요.
표지부터 아랫도리를 걷어 올린
주간잡지 뒷구석에 쪼그려 앉아
이것만이 미래라고,
이것만이 마지막 희망이라고,
낱자들을 비틀고 계신 당신의 시
다시 묻습니다.
가녀린 어깨에 지구와
하루치의 입과 아침을 떠메고
어린 누이가 죽어가고 있을 때
질척거리는 뒷골목에서
소주잔이나 찌끌고 계신 당신의 시는
사랑인가요. 연민인가요.

새해 메시지

　묵묵히, 수저 부딪는 소리가 적막을 깨는 우리 집 밥상머리는 수은주가 바닥 점을 치고 있다. 언제부턴가 너희들은 보이지 않는 낯선 세상을 배회하고 아빠, 엄마 삶의 자리는 해마다 좁아져 삼 년 넘게 허공을 맴도는 우리들의 대화. 학교로 떠난 너희들 빈방에 앉아 잃어버린 우리 가족의 소망과 사라진 웃음소리를 꿈꾸며 눈시울을 적셨다. 늦은 밤까지 날카로운 '디아블로'의 칼을 들고, 따돌림 그 분노를 응징하는 큰애야, 이제 그만 미움의 잔상을 떨어버리고 얼어붙은 포장마차 덧문일랑 네가 먼저 열어 줄 수 없겠니? 전신이 흔들리는 이어폰으로 세상의 귀를 막아버린 둘째야, 종소리처럼 고요한 아침을 열고나와 이십 년 외길에서 밀려난 힘겨운 아빠의 손수레를 너도 함께 끌어줄 수 없겠니? 엄마, 아빠 처진 어깨만큼만 고개를 들고 우리 사는 세상을 뒤돌아보렴. 그렇게 바닥 점이 녹아내린 따스한 봄날, 단무지와 소시지를 가지런히 눕힌 오붓한 김밥을 싸 들고 우리 가족 눈높이만한 동산에 올라 다시 한 번 마음과 마음의 끈을 붙잡고 야호, 야호, 목청껏 희망의 메시지를 띄워 보지 않으련.

길이 안 보일 때 1

연 삼일 퍼부은 눈 속에
먹을 것 잃은 새 한 마리 외롭다.
낯선 대학 도서관 구석에서
도막도막 잘라진 격음화 된 낱자를
이어 꿰고 맞춰 있는 네 모습이 안쓰럽다.
폭설로 길이 사라진 참혹한 이 겨울
어느 한 곳 빈자리 없이 들어찬 군중들 사이를
긴 목을 빼고 두 발 동동 구르는
안타까운 겨울 햇살
그러나 큰애야,
너는 알 테지.
길이 결코 사라진 것이 아니란 걸,
다만 잠시 눈 속에 묻혀
먼 길 떠날 채비를 서두르고 있다는 걸,
햇살이 퍼지고 어둠이 녹으면
잠에서 깬 이정표도 일어서고
강물을 가로질러 무지개도 뜨리란 걸
꿈을 꾸는 큰애야,
너는 알 테지.

길이 안 보일 때 2

어제가 없는 다섯 살 준이는
내일이 없는 할미 품에 잠이 들었다.
돌담 밑 민들레가
하루의 꽃잎을 접을 때까지
제 할미 야윈 가슴만 꺼지게 하더니,
낯선 도시 허망한 불빛을 따라 떠도는
아비를 보았을까.
어두운 저자거리 외진 골목에서
울고 있는 에미를 만났을까.
제 할미 젖은 눈시울에
대롱대롱 매달려 잠이 든 준이가
울음인지, 웃음인지
알 수 없는 잠꼬대를 하고 있다.
길은 어느새
민들레 꽃잎 속 깊이 숨어버려
오늘마저 사라져버린
준이네 툇마루

철거민의 하루

말 못 하는 사람들이
귀를 틀어막고
낮은 지하도 구석으로 몰린다.

우우우웅,
고성능 확성기에서 쏟아진
말발굽 소리가
열린 귀를 통과하여
틀어막은 지하도를 점령한다.

귀는 들어라.
열린 귀, 막힌 귀, 없는 귀
모두
듣기 싫어도,
못 들어도,

땅은 내 땅이지만
그렇다고 이곳이 네 땅일 수 없다.
집을 잃고, 길을 잃고
꿈을 잃어버린
말 못 하는 사람들

뒷덜미를 잡아 무너뜨리는
말발굽 소리

뼈대조차 없는 가건물 더미는
불가사리처럼 납작 주저앉아
갈 곳 없는 찬바람만
꺼진 가슴 안창까지 휘몰아치고

쫓겨 난 땅 끝
웅크린 삶의 그늘에서
상처 난 무릎과 어깨를 구부려
하루를 쓰러뜨린 남루한 저녁

살얼음 진 시멘트 바닥에
가시 돋친 혀들만
시퍼렇게 나뒹굴고
가슴 밑바닥에 가라앉은
쓰라린 외침들이
콜록, 콜록,
외마디 기침으로 쏟아져 나와
기나긴 하룻밤 어둠을 밝힌다.

뜨거운 편지

가슴에 너무 많은 뜨거움이 고여
잠시도 몸짓을 멈추지 못하는 육학년 천호
만나는 친구에게 정을 주고 싶어
만나는 선생님껜 사랑을 주고 싶어
하루가 시작되는 아침마다 학교가 요란하다.

가냘픈 몸매 깡마른 팔목 어디서
그런 힘이 솟아나는지
하루 종일 가슴을 비워내도
세상이 너무 좁은 진우의 하루
복도를 휘저어대며 화장실까지 쫓아와
전해준 편지 한 통

바람결에 흔들리는 갈대 같은 글씨로
사랑한다고, 고맙다고,
교장실에 자주 들리겠다고,
몇 글자 안 되는 편지를 읽다가
나도 모르게 눈앞이 흐려진다.
네 마음을 다 읽을 수 없어
나도 모르게 가슴이 뜨거워진다.

※ 천호(가명) : 주의력결핍 과잉운동장애 학생

엄마꽃 기도

〈1〉
내가 맨 처음
빛깔 없는 꽃잎을 열어야 했던
이 땅의 봄날
다 깨진 조선 항아리로 갯물을 퍼 올려
허기 여며 쥔 손마다
제 풀잎만 더럽히고 있던 그 날
돌쩌귀 빠진 쇄문 안은
자리다툼에 씨불도 꺼지고
토담 밖에서 던지는 돌에
새는 떨어져
밤은 한층 깊었다.

그 날 이후
우리 어머니의 어머니들이
보리밭 머리에서 피워 올리던
한숨의 꽃처럼
눈물의 꽃처럼
가뭄 끝에 주저앉아
가슴을 앓던 꽃
나는 차라리 꽃이 아니었다.

〈2〉
전라도에서 충청도까지
새파랗게 일렁이던 녹두꽃 노래
가슴을 열고 들어보았느냐.
조선 아낙네 허벅지 위로
차오르는 물길 속에
적장을 끌어안고 몸 던져 보았느냐.
불붙어 쓰러진 피붙이 목매달고
팍팍한 잿더미 위를 걸어보았느냐.
사월 그 푸르른 날
제 몸 사루어 피워 올린
뜨거운 꽃봉오리 부둥켜안고
섧게섧게 울어 보았느냐.

〈3〉
빛이 내린다.
덤불로 쓰러져 누운 어제의 바람이
말라붙은 강으로 흘러 들어와
땅을 치며 통곡한다.

이 땅을 적신 엄마꽃 핏물
알알이 영근 씨앗이 되고자
이 땅에 고인 엄마꽃 눈물
언 땅을 적시는 수액이 되고자

진흙 속에서 퍼 올린 사랑의 무게만큼
하늘을 늘어뜨리고
조심조심 햇살을 내리는
환희의 꽃잎
감격의 꽃잎

일백 년 메마른 산과 들에
핏물로 아롱지는
엄마꽃 기도

뻥튀기

복덕방 유씨가 유세장 한 켠에 앉아 뻥튀기를 먹고 있다.
쏟아지는 마이크 소리에 맞춰 뻥튀기를 한입씩 물어뜯는다.

'존경하는 시민 여러분, 물가를 한자리 수로 잡겠습니다.'
'뻥!'
'부동산 투기를 근절시키겠습니다.'
'뻥!'

빈 종이처럼 부풀어 오른 얄팍한 뻥튀기
입안에 넣어 씹으려하니 어느새 날아간 쉰 목소리처럼
삼킬 것이 하나 없는 바람 뻥튀기

'부자들 나락더미를 훔쳐서라도
서민들이 살기 좋은 세상을 만들겠습니다. 여러분!'
'뻥! 뻥!'

유세장 한 켠에 앉아 부지런히 뻥튀기만 물어뜯는 유씨
빚쟁이들이 아직 아무 소식 없어
오늘은 제법 화색이 돈다.

'뻥! 뻥! 뻥!'

감금監禁

'우리는 영영 갇히는 거야.'
가다간 꺾이고 가다간 끊어진 골목에서
놀란 아이가 소릴 지른다.
불쑥 일어선 콘크리트 머리가
조금 남은 하현달을 집어삼킨다.
겁먹은 차들이 황급히 골목을 빠져나간다.
그 자리에 어둠이 털썩 주저앉는다.
담 벽에 머리를 기댄 어른이 힘없이 대답한다.
'갇히는 사람만 갇히는 거야.'
전봇대에 걸린 좁은 하늘이 뿌려주는
한 줌 별빛 속으로
겁먹은 아이들이 '와아' 몰려든다.
기다렸다는 듯 불빛의 주인들이
방에 고인 어둠을 밖으로 퍼 던진다.
가다간 꺾이고 가다간 끊어진 골목에
철컥, 철문 고리가 내려앉는다.

흐름에 대하여 1

오랜 기간이 걸렸지만 길은 뚫렸다.
마을의 숙원이었던 길은
뒷산을 뚫고 읍내로 내달렸다.
산비탈을 휘감아 넘나들던 장터가
이웃이 되었다.
한나절이면 볼일 다 보고
꽃다방 아가씨와 차 한 잔 마시고
돌아와도 남는 시간
우리는 그렇게 박수를 치며
장터로 흘러가는데
한 동굴로 오가던 너구리네 가족은
분리대에 가로막혀 남남이 되었다.
생채기로 쓰라린 우리나라 산허리
누가 흐름을 상생이라 하였는가.

흐름에 대하여 2

막걸리 잔이 오가는 설 명절날
흐름을 두고 실랑이가 한창이다.
큰물과 교류를 터면
작은 물줄기도 무럭무럭 자라
큰물 같은 큰물이 된다는 측은
기름때 이십년을 넘긴
천이 아빠와 숙이 삼촌이고,
큰물과 물길을 터면
작은 물방울까지 남김없이 빼앗기고
끝내는 피뿐인 사람들 피까지 말라붙어
흙 묻은 꿈조차 다 잃는다는 편은
농투성이로 뼈대가 굵은 토박이들이다.
오랜만에 만난 물 빛깔 같은 친구끼리
막걸리 잔에 두 발목이 빠져
삿대질로 노질로 길을 잃어버린
질펀한 설 명절날

■ 詩作 메모

〈1〉

중학교 때부터 시라는 것을 쓰기 시작했다. 시가 무엇인지도 모르고 시집 한권 제대로 읽지도 않았는데 그냥 혼자 쓰는 일이 즐거웠다. 교과서에 실린 시를 암송하면서 하루에 한 편씩 시를 쓰면서 시인이 되는 꿈을 꾸었다. 고등학교에 입학했을 때 학교 내에는 자생적인 문학동인회인 '토요문학회'라는 모임이 있었는데 회원으로 가입하고 싶은 마음이 간절했지만 촌뜨기인 나는 가입하는 방법을 몰라 주저했다.

입학 후 어느 봄날인가? 교실 환경정리에 쓴다며 시화를 해오라는 과제로 써 낸 시가 뽑혀 벽에 걸렸고, 그걸 기회로 친구의 도움을 받아 동인회에 참가하게 되었다. 그리고 시와 글을 좋아하는 선배 동료 후배들과 매주 토요일 집에도 못가고 교실에 앉아 시와 산문을 프린트해놓고 시어를 따지고 문장을 평하며 설레는 시간을 보냈었다. 3년간 하숙비를 아껴 모은 돈으로 '로드' 라는 동인지도 만들고 문학의 밤과 시화전도 하면서 마치 시인이나 된 듯이 껍적대며 시 쓰는 일에 몰두했다. 그 때 나는 시가 내 일생의 작업임을 깨닫게 되었다.

〈2〉

아버지가 일찍 돌아가시고 열 명이 넘는 대가족의 가정형편은 나에게 2년제 대학을 요구했고, 나름대로의 큰 꿈을 모두 접고 그나마도 감사하는 마음으로 교육대학을 지원했다. 그러나 어린 나이에도 마음 한 구석엔 아쉬움이 가득하여 그 때 처음 술을 마시고 담배에 불을 붙였다. 고등학교 때 배웠던 교과서와 송판 쪽으로 만든 앉은뱅이책상마저 두들겨 부수어 태워버리고 괜한 치기와 대상없는 반항으로 장발에 고무신짝을 끌고 선술집을 드나들며 인생을 논하고 세상을 비관하며 불만을 가득 품고 교대를 다녔다. 그러면서도 대학 내의 동호회인 〈석초문학회〉에 가입하여 활동하며 내가 설 땅은 오직 시작의 길밖에 없음을 다시 한 번 확인했다.

교대를 졸업하고 교직에 몸을 담았을 때 몇 군데의 문학동인회에서 가입을 권유했지만 나는 혼자 일어서리라 마음먹고 각 신문사에서 모집하는 신춘문예에 몰입했다. 실은 문학 모임에 가입하기 위해서는 회비가 필요했는데 당시 나는 회비를 낼만한 여유도, 멀리 출타할만한 형편도 허락되지 않았다. 우리 집안을 통틀어 처음으로 2년제 대학 문턱을 넘은 나 때문에 집안은 온통 빚더미였으니까.

1972년 모 중앙지의 신춘문예에 응모하여 본선까지 올랐다는 것을 고등학교 문예담당 선생님께서 엽서를 보내주어 알게 되었으며, 그 후 신춘문예 병은 11년 동안 건방진 시적 방황과 갈증만 부풀려 놓는 결과를 가져왔다.

〈3〉

교단에 서서 결혼도 하고 아이들 셋을 나아 키우며 단칸 사글세방에서 혼자 시작에 매달렸다. 때론 시에 대한 회의를 느끼며 절필의 위기를 맞기도 했지만 그럴 때마다 가슴속 뜨거운 것들은 솟구쳐 올라와 다시 펜을 들고 심기일전하여 시어를 다듬었다. 문학에 대한 대화 상대도 없는 나날이 너무도 외로웠기에 강을 찾아 낚시로 여유를 찾고, 사글셋집 마당에 하우스를 치고 연탄난로까지 피워주며 꽃을 가꾸는 일로 외로운 마음을 달래곤 했다.

그러다가 40대에 들어서던 1991년 고향인 부여에 있는 뜻있는 분들과 〈사비문학회〉를 창립하고 매년 10여 편의 시를 동인지에 올렸다. 또한 1996년부터 〈충남문협〉 회원으로 작품을 게재했고, 2000년엔 〈오늘의 문학〉 신인상을 받기도 하면서 〈충남시인협회〉, 〈백강문학〉등의 회원으로 오늘에 이르렀다.

동인지나 지방문집에 작품이 실릴 때마다 몇몇 지인과 문우들이 작품이 좋다며 연락도 왔지만 학교업무에 시달려 갈수록 감정도 무뎌지고 시작에 대한 열정도 식어 이렇다 할 좋은 글을 쓰지 못하는 것을 늘 안타깝게 생각했다. 학교 일에 몰두하여 시를 잊고 있다가 방학 무렵이면 다시 창작에 불을 붙이곤 했는데 시작으로의 연결이 그리 쉽지 않았다. 아마 논리적이고 설명적인 연구논문이나 학교의 일거리들에 젖다가 시적 언어로 분위기를 바꾸는 데는 상당한 시간과 노력이 필요했다.

〈4〉

삶이란 때론 즐거운 것이기도 하지만 괴로움이 더 많다는 생각으로 살아왔다. 이 같은 괴로움은 대부분 끝없이 충족을 갈망하는 욕망 때문일 것이다. 인간답게 살기 위하여 떨쳐버릴 수 없는 식욕, 성욕, 물욕, 명예욕…

이와 같은 욕망 때문에 늘 얻는 것 보단 빼앗기는 것이 더 많다는 생각으로 세상을 살아왔다. 하지만 그 동안 시를 쓰면서 나를 내세워 과시하거나 욕망이 앞서서는 결코 좋은 시가 써지지 않는다는 것을 깨달았다.

요즘 시인이라 으스대는 사람들 중에는 시를 쓰기도 전에 이름자 앞에 거창한 아호를 붙여놓고 시 한편 싣는데도 등단경력이나 수상이력들을 줄줄이 늘어놓는다. 독자들 또한 그 시인의 작품이 어떠냐. 보다는 어디 출신이냐, 무슨 상을 받았느냐가 평가의 요점이 되는 오늘의 우리 문학 풍토에 살고 있음이 안타깝다.

되돌아 생각해보면 한 때 신춘문예니, 무슨 문학상이니, 이름을 날리는 일을 위해 골몰했던 작품들은 하나같이 시의 본질을 벗어난 말장난으로 그 어느 한 편도 내 시모음집에는 끼지 못하고 모두 버려졌다. 또 욕망이 충족되었을 때 보다 빼앗겼을 때 가슴 밑바닥에서 솟구치는 뜨거운 언어를 만날 수 있음을 알게 되었다.

〈5〉

한 편의 시를 완성하기까지 오랜 시간과 숙고가 수반된다. 떠오른 시상에 따라 어느 것은 불과 한두 시간 만에 완성되는 시가 있는가 하면 며칠, 몇 달, 때론 10여 년 넘게 완성하지 못한 시도 수두룩하다.

'좋은 시는 한 줌의 모래 속에서 반짝이는 한 알의 금싸라기를 찾듯이 한 사물에 단 하나 밖에 없는 단어를 찾아 시어로 써야한다. 시에서 가장 중요한 것은 눈 감고도 그릴 수 있는 이미지와 나비 날갯짓 같은 리듬과 상상을 불러일으키는 과감한 압축과 생략에 있다.' 등 학창시절에 배운 시작법 때문일까? 하나의 시어나 시구를 얻는데도 무척 힘이 든다. 모름지기 시란 시의 대상인 사물, 사건, 상황 등이 가지고 있는 속성이나 아픔 같은 진솔한 사연을 거기에 꼭 맞는 서정적인 언어로 간단명료하게 풀어내는 일, 더 나아가 시적 대상이 가지고 있는 속성과 시가 지향하고 있는 방향이 우리네 인간사와 연결되어 의미 있는 삶의 줄거리로 읽는 이의 가슴을 울려준다면 얼마나 좋겠는가? 이와 같은 생각으로 시작에 매달리다 보면 시 한편을 이루는데 많은 시간이 소요된다.

그와 같은 연유로 40여 년 넘게 써 온 시가 고작 300여 편에 불과하다. 물론 양 보다는 질에 무게를 두었다고 스스로 자위도 해 보지만 정말 질적으로 자신 있는 작품인가? 이도저도 자신이 없다.

〈6〉

2014년 2월 말로 42년여의 교직생활을 마감하면서 두 번째 시집 〈부를 수 없는 이름〉을 준비하게 되었다. 이 시집 속에는 2008년 첫 시집 이후의 작품들과 초창기에 씌어졌던 시들이 어깨를 나란히 하여 120여 편을 실었다.

나이를 먹고 경력이 쌓이면 작품도 그만큼 원숙해져야하는데 실상은 그렇질 못하다. 독서력도, 예리한 통찰력이나 감미로운 감성도 전만 못하다. 하지만 인생은 항상 지금부터라는 생각으로 시작에 임하고자 한다.

이제 은퇴의 뒤안길에서 우리 사는 세상을 맑은 마음의 눈으로 바라보며 버려진 것들에 대한 소중함을 일깨우고, 잃어버린 것들에 대한 애정을 따뜻한 시어로 표현해 보리라. 참 인생의 맛이 우러나는 곰삭은 이야기를 조용조용 속삭이듯이 저녁연기 오르는 포근한 고향 마을 그림 같은 언어로 그려보리라. 그리하여 바라보이는 세상이 이토록 아름다움을 나도 알고 이웃들에게도 알려주리라. 아침이슬과 가을 바람소리를 흉내 내기엔 너무 미흡한 나의 시어여. 가슴에 들끓는 빗소리를 나타내기엔 너무 부족한 나의 언어여. 빈 원고지 앞에 앉아 아직 끝나지 않은 내일을 기약해 본다.

갑오년 원단에
저자 이희열

부를 수 없는 이름

이희열 지음

발 행 일 　|　2014년 1월 29일

지 은 이 　|　이희열
발 행 인 　|　李憲錫
발 행 처 　|　오늘의문학사
출판등록 　|　제55호(1993년 6월 23일)
주　　　소 　|　대전광역시 동구 삼성1동 125-6 한밭오피스텔 401호
전화번호 　|　(042)624-2980
팩시밀리 　|　(042)628-2983
홈페이지 　|　http://www.lito77.co.kr(홈페이지)
전자우편 　|　hs2980@hanmail.net

공 급 처 　|　한국출판협동조합
주문전화 　|　(070)7119-1741~2
팩시밀리 　|　(031)944-8234~6

ISBN 978-89-5669-591-4
값 10,000원